WILNIUS UND ICH

Jürgen Reimer

WILNIUS UND ICH

FAST EIN BERICHT

Bibliografische Information der Deutschen Nationalbibliothek:
Die Deutsche Nationalbibliothek verzeichnet diese Publikation in der Deutschen
Nationalbibliografie; detaillierte bibliografische Daten sind im Internet über
< http://dnb.d-nb.de > abrufbar.

Teile dieses Buches sind dem Roman „Der Ferienschreiber"
von Jürgen Reimer entnommen.
Dieser erschien im R.G. Fischer-Verlag, Frankfurt a.M.

© 2008 Jürgen Reimer
Satz, Umschlagdesign, Herstellung und Verlag:
Books on Demand GmbH, Norderstedt

ISBN: 978-3-8334-7463-7

Für meinen Großvater
Ernst Wiesel

1

Anlaß meines Berichtes über unseren schulischen Alltag ist die Tatsache, daß mein Kollege Robert Wilnius seit zwei Jahren vermißt wird. Am Ende der Sommerferien blieb er unauffindbar. Er kehrte nicht in unsere Schule zurück und hinterließ keine Nachricht über sein Verbleiben. Das sei, wie uns der Schulleiter versicherte, kein Einzelfall. Es gebe jedes Jahr eine Reihe von Lehrern, die nach den Sommerferien nicht in ihre Schule zurückkehrten. Die Gründe seien sehr verschieden. Aber oft befänden sich Aussteiger unter ihnen. Mein Kollege war ein Einzelgänger. Die meisten der Kollegen zuckten die Achseln, als sie davon erfuhren. Man wunderte sich nicht allzu sehr, man vergaß. Der Alltag mit seiner Hektik begann. Jeder hatte mit sich zu tun. Mit mir warteten, besser hofften eine Zeit lang einige wenige Kollegen auf ein Lebenszeichen aus Brasilien oder den USA, auf eine Nachricht, die von einer neuen beruflichen Identität kündete. Als das ausblieb, vergaßen ihn auch diese wenigen und sprachen nicht mehr über ihn.

2

Mein Verhältnis zu Wilnius war von besonderer Art. Weil auch bei Wilnius' Mutter, einer alten Dame, die noch lebte und in unserer Stadt wohnte, keine Nachricht eingegangen war – ein beunruhigendes Zeichen, da mein Kollege zu seiner Mutter ein herzliches Verhältnis hatte –, wurde von der Schulleitung sehr bald die Polizei verständigt und eine Vermißtenanzeige aufgegeben. Wie sich herausstellte, war die Kripo unseres Bezirks schon von Kollegen aus Tübingen informiert worden. Nach Aussage der dort zuständigen Polizei hatte Wilnius die letzten Tage vor seinem Verschwinden in einem Tübinger Hotel zugebracht, im Goldenen Kalb, Neckarhalde, und dort das Zimmer Nummer 512 bewohnt. Er sei zuletzt von einer Kellnerin gesehen worden, die ihn im Frühstücksraum bedient habe. Kurz nach dem Frühstück habe er dann das Hotel verlassen und sei nicht zurückgekehrt.

Im Zimmer fand man seine Reisetasche. In der Schublade eines Tisches, der als einziger in dem kleinen Einzelzimmer stand, lagen zwei Notizbücher und ein größeres Heft, das mit Aufzeichnungen vollgeschrieben war.

Da von dem Vermißten kein Lebenszeichen kam, hat die Polizei in der verständlichen Annahme, Robert Wilnius sei Opfer eines Verbrechens geworden oder habe Selbstmord begangen, die umliegenden Wälder nach Spuren abgesucht. Ohne Erfolg. Nichts deutete auf ein Verbrechen, kein Indiz auf einen Freitod. Wilnius blieb verschwunden, als sei er vom Erdboden verschluckt worden. Wie mir später der Kriminalhauptkommissar mitteilte, habe man die Ermittlungen zunächst unterbrochen, dann eingestellt. Da Robert Wilnius keine Familie besaß, händigte man der Mutter die im Hotelzimmer zurückgebliebenen Fundsachen aus.

Ich, Hans Urweider, kenne Robert Wilnius seit unserer gemeinsamen Studienzeit in Tübingen. Wir hielten uns damals für befreundet und blieben über längere Zeit gute Bekannte. Der Zufall wollte es, daß wir nach erfolgreich bestandenen Examina an derselben Schule unterrichteten, das heißt, wir wurden derselben Schule zugewiesen. Wir hatten uns eine Zeit lang nicht gesehen, und die Freude, uns als Kollegen zu begegnen, war herzlich.

Nach bestandenem Examen wähnte sich Robert Wilnius auf dem Höhepunkt seiner Karriere. Ohne den Stachel des Ehrgeizes zu fühlen, beschloß er, dem Schuldienst zur Zufriedenheit aller nachzukommen, im übrigen aber sein Leben zu genießen. Mein Ehrgeiz war immerhin so groß, daß ich eine bescheidene Karriere anstrebte. Immerhin: Ich habe es inzwischen bis zum Studiendirektor gebracht.

Natürlich habe ich dafür etwas tun müssen. Man muß sich vor den anderen auszeichnen, das heißt mehr tun als der Durchschnitt, wenn man vom Kollegium gewählt werden will. Ich übernahm, als ein älterer Kollege in den Ruhestand ging, ohne zu zögern die Aufgabe, die Lernbibliothek der Schule zu leiten. Eine undankbare Aufgabe, wie sich sehr schnell herausstellte. Sie kann auch nur mit Hilfe einiger, dem Lehrer ergebener, zuverlässiger Schüler durchgeführt werden. Als die Frage anstand, wer den Kollegen ersetzen sollte, meldete ich mich ohne zu zögern. Eine spürbare Erleichterung ging durch das Lehrerzimmer und die Blicke aller wanderten dankbar in meine Richtung.

In den Pausen, die eigentlich der Besinnung und Vorbereitung auf die nächste Unterrichtsstunde zugute kommen sollen, steht der für diese Bibliothek verantwortliche Lehrer eingekesselt zwischen einer großen Zahl von Schülern aus der Unter- und Mittelstufe, die den Auftrag haben, ihre Mitschüler mit Klassensätzen in den verschiedensten Fächern zu versorgen.

Als dann eines Tages der Schulleiter unangemeldet erschien, um mit Hilfe eines Karteikastens die Bestände zu überprüfen, während dieser Heimsuchung in meiner Buchführung Lücken feststellte und schließlich ein bedenkliches Gesicht machte, da war ich mit meinen Nerven am Ende. Ich fühlte mich als Rundum-Prügelknabe. Ich schlief in der Folgezeit schlecht, hastete nach den Pausen unkonzentriert und oft zu spät in den Unterricht. Aber ich mußte bis zum Ende des Schuljahres auf meinem Posten ausharren. Zum Glück fand sich ein junger Kollege, der von seiner Natur eine bessere Qualifikation zum Buchhalter mitbrachte als ich. Nach einigem Zureden übernahm er mein Amt. Erleichtert lud ich ihn und Freund Wilnius zu einer Flasche Wein ein.

Aber trotz all der Querelen, die im Alltag stattgefunden hatten: Die Kollegen hatten meine Bereitschaft, ein Amt zu übernehmen, vor dem sich alle gerne drückten, das aber doch von einem übernommen werden mußte, wohlwollend registriert. Ich hatte Punkte gesammelt.

Nach der unbefriedigenden Dienstleistung, die ich mit der Übernahme der Lernbibliothek unserer Schule erbracht hatte, versuchte ich meinen Weg nach oben auf eine andere Art fortzusetzen. Das heißt: Mein Weg nach oben hatte ja zu der Zeit noch gar nicht begonnen. Aber ich wollte irgend etwas tun, um einer Erfüllung meines Wunsches, auf der hierarchischen Leiter wenigstens eine höhere Sprosse zu erklimmen, näherzukommen. Hatte mein Wille, mich für die Schule zu engagieren, schon bei den Kollegen einen Achtungserfolg zu verzeichnen gehabt, so wurde mir zum erstenmal die Anerkennung von Seiten des Schulleiters und des Kollegiums durch eine gleichsam kreative Leistung zuteil: Ich gründete eine Schülerbibliothek, eine Institution, die es bis zu meinem Erscheinen in der Schule nicht gegeben hatte.

Ich verzichte auf die Schilderung meiner hartnäckigen Bemühungen, einen hellen Klassenraum zu finden, der sich für mein Vorhaben eignete, von dem Versuch auch, noch etwas aus dem Etat für Neuanschaffungen abzuzweigen, und von dem Entgegenkommen eines Vaters, der den Tischlerberuf ausübte und der Schule Regale aus hellem Holz kostenlos zur Verfügung stellte. Der Appell an die Kollegen, mit einem gespendeten Buch zum Gelingen beizutragen, fruchtete. Und ich selbst brachte von meinem ersten verdienten Geld ein paar Taschenbücher mit: einen Dürrenmatt, einen Camus und einen Kafka. Viele Kollegen taten es mir nach. Mein Prinzip war: nur die moderne, zeitgenössische Literatur sollte vertreten sein.

An einem Nachmittag feierten wir die Einweihung – es muß Anfang der 60er Jahre gewesen sein –, und es wurde einer meiner schönsten Tage als Lehrer. Die größte Überraschung war: Es schien an der Schule nur noch lesehungrige Schüler zu geben. Wie viele kamen und wollten entleihen! Wie viele gingen, sich ihrer Teilnahme am geistigen Geschehen bewußt, stolz mit einem Kafka oder Frisch unter dem Arm nach Hause! Und von wenigen Ausnahmen abgesehen gingen sie schonend mit ihrer entliehenen literarischen Kostbarkeit um. Groß und klein war an diesem Tage vertreten, trank Cola und knabberte Chips.

Der Raum wurde tagsüber für den Unterricht genutzt. Am Nachmittag kamen nicht wenige, die extra dafür am Fenster eingerichtete Nischen nutzten, um sich vor Ort in Camus' »Pest« oder Dürrenmatts »Panne« zu vertiefen. Aber wie es so oft im Leben ist: Nach dieser kleinen Sensation und als die erste Hitze vorüber war, trennten sich Spreu und Weizen, und die Zahl derer, die ein echtes Interesse hatten, reduzierte sich auf eine kleine treue Gemeinde von Leseratten. Die anderen kehrten zu ihrem Fußball- und Pferdesport zurück, von dem sie ursprünglich herkamen, und lasen nur anspruchsvolle Autoren, wenn sie von ihren Lehrern dazu ausdrücklich aufgefordert wurden.

Der Höhepunkt dieser ersten Etappe auf dem Weg zu höheren Chargen war der Dank des Schulleiters, der mir auf einer Lehrerkonferenz für meine Initiative ausgesprochen wurde. Und als dann noch Beifall von Seiten der Kollegen aufkam, hatte ich ein Gefühl, das derjenige haben muß, der beim Betreten eines Festsaales unerwartet von den geladenen Gästen mit Standing ovations empfangen wird. An diesem Abend leerten meine Frau und ich eine besonders gute Flasche Wein.

Um es abzukürzen: Ich habe mich nach diesem ersten Erfolg noch jahrelang bemühen müssen, mir durch Engagement und besonderes Hervortun bei meinem Schulleiter und den Kollegen ein Image aufzubauen, das mich in ihren Augen für höhere Aufgaben empfahl. Mein eigentliches Wunschziel war es, durch einen gleichmäßig guten Unterricht und eine intensive Betreuung der mir anvertrauten Referendare so auf mich aufmerksam zu machen, daß man nicht umhin konnte, mich zum Fachleiter für Deutsch vorzuschlagen. Um diesen ersehnten Posten aber zu erreichen, fiel das gute Ansehen, das ich mir bei den Kollegen erworben hatte, eigentlich nicht ins Gewicht. Den Direktor unserer Schule hatte ich auf meiner Seite. Ich mußte indes erfahren, daß ich, wollte ich mein Ziel erreichen, noch weitere Fürsprecher brauchte. Weil meine Beziehungen zu den oberen Etagen der Behörden nicht ausreichten, mußte ich schließlich verzichten. Als eine Stelle vakant wurde, mir aber ein anderer Kollege unserer Schule aus nicht einsehbaren Gründen vorgezogen wurde – dieser Kollege hatte viel weniger für unsere Schule getan als ich –, war die Enttäuschung auf meiner Seite groß und ich verfiel in Bitterkeit. Nachdem ich meiner Frau voller Wut ein Klagelied über die allgemeine Ungerechtigkeit in der Welt und im Besonderen in meinem Falle gesungen hatte, trösteten wir uns mit zwei Flaschen Wein.

Jahre später wurde mein Streben doch noch belohnt. Die Kollegen vertrauten mir das Amt des Oberstufenkoordinators an. Was für ein stolzer Tag! Die Wahl auf mich fiel zwar äußerst knapp aus, zwei Konkurrenten bewarben sich neben mir. Jeder der beiden verfügte wie ich über eine Hausmacht im Kollegium. Wilnius fehlte an diesem Tag, aber er versprach, mir über eine Briefwahl seine Stimme zukommen zu lassen. Das knappe Votum für mich konnte ich schnell verdrängen. Mit dem Amt war ich zugleich zum Studiendirektor befördert worden. Die Mühe hatte sich gelohnt. Ich bat Robert und seine Freundin an diesem Abend zu uns. Meine Frau servierte ein vorzügliches Abendessen, und wir leerten drei Flaschen Wein – zu viert.

Statt als Fachleiter im Seminar nur noch Referendare auszubilden und in den verschiedenen Schulen der Stadt zu hospitieren, blieb ich unserer Schule erhalten. Ich sitze jetzt als Primus inter pares am Konferenztisch. Aber auch jetzt holte mich der Alltag sehr schnell ein: Fast in jedem Jahr gibt es die undankbare Aufgabe, bei Abiturarbeiten zwischen dem Referenten und Koreferenten zu schlichten, wenn diese – was häufig vorkommt – in ihrer Beurteilung der Leistungen verschiedener Meinung sind. Ich habe den Vorsitz bei Prüfungen im mündlichen Abitur, lasse nach der Beratung den examinierten Schüler hereinbitten und teile ihm die begründete Note mit, verbunden mit ein paar leutseligen Worten. »In diesem Teil der Prüfung waren Sie besser ... Leider mußten wir feststellen, daß Sie ...« Dann sehe ich in ein strahlendes oder auch enttäuschtes Gesicht.

Ein einziger Fall ist mir im Gedächtnis geblieben, bei dem ein Abiturient die Hand ausschlug, die ich ihm zum Glückwunsch reichte, wütend hinauslief und »Unverschämt!« zischte. Aber ich spüre, daß ich eine wichtige Funktion erfülle.

Neben mir gibt es für die Mittel- und Unterstufe noch zwei weitere Koordinatoren, und zusammen mit der Schulleitung und unserem Stellvertreter, dessen Hauptaufgabe es ist, über Stundenpläne zu brüten, gehöre ich zum Führungs- und Entscheidungsgremium der Schule.

An dieser Stelle erinnere ich mich an eine Kontroverse mit Freund Wilnius. Er hat meinen selbstsüchtigen Wunsch, Karriere zu machen, oft kritisiert. Nicht selten war ich seinem Spott ausgesetzt. »Es ist zu komisch, dich zu beobachten, wenn du es auf Stimmenfang angelegt hast. Ich sehe dich jahrelang strampeln und strampeln. Und was kommt dabei heraus? Ein Posten, der Mehrarbeit mit sich bringt, auch Ärger, der sich finanziell im Grunde nicht lohnt.« Ich sehe noch seine hochmütige Miene. Irgendwie mußte ich ihm recht geben. Ich sagte: »Du hast gut reden. Du kennst – wenigstens hast du es immer von dir behauptet – den Stachel des Ehrgeizes nicht. Ich bin ehrlich. Mich peinigt dieser Stachel, solange ein gewisser Ehrgeiz nicht befriedigt ist, der – das gebe ich gern zu – irrationaler Natur ist.« »Ja, ehrlich bist du, wenigstens mir gegenüber. Wenn ich an all die anderen Menschen denke, die vor persönlichem Ehrgeiz brennen und ihn heuchlerisch hinter einem Deckmantel verstecken.

Und dieser Deckmantel sieht dann meistens so aus: Man wolle sich für das Gemeinwohl einsetzen und müsse deswegen Verantwortung übernehmen. Und die Heuchelei erreicht ihren Höhepunkt, wenn behauptet wird, vor dieser sozialen Aufgabe müsse das Privatleben und das eigene Wohlbefinden zurücktreten. Man fühlt sich umgeben von einer Aura selbstloser, ja sich für eine notwendige Aufgabe opfernder Menschen. Das schätze ich an dir, Hans. Du hast die Primär- und Sekundärmotive noch nie verwechselt.« »Du machst jetzt bei deinem Zynismus den Fehler, den du selbst an dir, wie ich weiß, immer bekämpft hast.« »Welchen?« »Merkst du denn nicht, wie du pauschalisierst? Du hast weder den totalen Überblick über alle Einzelfälle, noch reicht meine und deine Menschenkenntnis aus, um behaupten zu können, deine Vermutung treffe auf alle Menschen zu. – Es kann doch sein, daß in dem einen Falle – in meinem zum Beispiel – der Ehrgeiz das primäre Motiv darstellt. In einem anderen Falle kann es doch sein, daß jemand durch ein Erlebnis, ein traumatisches Erlebnis vielleicht, sich aufgerufen, ja gezwungen fühlt, sich für eine soziale Aufgabe zu engagieren.« Noch während ich sprach, nickte er mit dem Kopf. »Du hast ja recht. Ausgerechnet ich, der ich dich manchmal ermahnt habe, einen Sachverhalt differenzierter zu betrachten, baue eine Behauptung auf Emotionen auf. Derartige Behauptungen geraten immer schief. Aber ich bin eben schon vielen Menschen begegnet, die in dieser heuchlerischen Weise sich einen Heiligenschein aufzusetzen versucht haben. Das entschuldigt doch vielleicht meine vorschnelle Äußerung. Und übrigens: Was dein traumatisches Erlebnis angeht, so bin ich nicht sicher, ob das aus ihm entstandene Motiv nicht auch der Selbstsucht, zumindest einer Variante des Egoismus zuzurechnen ist.«

Mit Robert konnte man reden. Vielleicht war er der einzige im Kollegium, mit dem ich aufrichtig sprechen konnte. Unser Verhältnis blieb vielleicht deswegen integer, weil er überhaupt keine

Ambitionen hatte, es mir gleichzutun. Er begnügte sich damit, ein einfacher Lehrer zu bleiben.

Als ich, wenn auch nur, wie schon gesagt, mit knapper Mehrheit, zum Koordinator gewählt worden war und mich in meinem Stolz in seiner Gegenwart zu den Worten hinreißen ließ: »Wenn du das auch erreichen willst, mußt du jetzt anfangen«, war ein schallendes, nicht künstliches Gelächter seine Reaktion. »Anfangen? Womit anfangen? Was meinst du? Werde ein wenig konkreter!« Für einen Augenblick war ich sehr verlegen.

Ich habe Robert oft widersprochen, besonders dann, wenn er sein egomanisches Verhalten verteidigte. Ich behaupte – und die Erfahrungen, die ich gemacht habe, geben mir recht: Man kann sich nur selbst kennenlernen, wenn man Umgang mit der Welt und den Menschen pflegt. Nur derjenige, der eine Herausforderung annimmt, vor unvermeidlichen Konflikten nicht davonläuft, lernt, sich in einem Prozess richtig einzuschätzen. Schon dadurch, daß er seine Reaktionen auf die Herausforderungen beobachtet, sich vielleicht auch von nicht erwarteten überraschen läßt. Wer eine Aufgabe übernimmt, gerät ohne weiteres in Situationen, die eine Entscheidung erfordern. Rationales Abwägen wird erforderlich. Widersprechende Argumente stürmen auf ihn ein, und er kann bei sich feststellen, welches der Argumente für ihn am meisten Gewicht enthält.

Die Erfahrungen, die man im Umgang mit der Welt und den Menschen und dabei zugleich mit sich selbst macht, können negativer Art sein. Ich erinnere mich an eine Situation, bei der ich mich vor Robert geschämt habe. Aber seine kritische Gegenwart hat reinigend auf mich gewirkt, sozusagen eine Katharsis bewirkt.

Unser Schulleiter, ein Mann von vierzig Jahren, läßt keine Gelegenheit aus, um sich zu profilieren. Diese Neigung offenbart sich bei vielen Gelegenheiten. Meistens rät ihm ein Instinkt, die Grenze zur Lächerlichkeit nicht zu überschreiten. Seine Eitelkeit bezieht sich auf den schon manischen Wunsch, auf andere immer jung zu wirken, als moderner, dynamischer Leiter zu gelten und von den Schülern geliebt zu werden. Mit Freude hat er wiederholt von Schülern vernommen: »Der ist schon in Ordnung.« Diese Auszeichnung, nach der er süchtig war, wurde ihm oft auch von Kollegen zugetragen.

Zweimal in der Woche sieht man ihn in kurzer Hose und Trikot mit den Schülern Fußball spielen. Er unterrichtet selbst Sport, und es ist für die am Rande des Sportplatzes versammelten Eltern immer ein Erlebnis zu sehen, wie der geachtete Mann – der, wie zu erwarten, in der nächsten Woche bei der Verabschiedung der Abiturienten eine geschliffene Rede halten wird – schlank und noch ohne Bauchansatz im Kreise der Jugendlichen nicht nur mithalten kann, sondern einer der Besten ist. Wie ein wiederauferstandener Beckenbauer verteilt er als Libero so elegant die Pässe, daß die Mütter am Spielfeldrand ins Schwärmen geraten. Den Gipfel an vermeintlicher Souveränität erklimmt er, wenn er auf Schulsportveranstaltungen im modischen Trainingsanzug erscheint und das Startzeichen beim Laufen gibt.

Das peinigende Gefühl einer Demütigung empfand ich bei einer Beschuldigung Roberts, die mit der versteckten Andeutung, ich sei ein Ohrenbläser, endete. In diesem Zusammenhang spielte Herr Siglaff, unser Schulleiter, die entscheidende Rolle.

Aus Anlaß eines Jubiläums plante ein Kollege mit einer ausgewählten Schülergruppe den »Sommernachtstraum« aufzuführen. Als ein Schüler dieser Gruppe aus Krankheitsgründen ausfiel, kam der Kollege, der das Stück einstudiert hatte, auf die Idee, den Schulleiter die Rolle übernehmen zu lassen. Vielleicht war es von dem Kollegen als Spaß gemeint. Es war nur eine kleine Rolle, die neu besetzt werden mußte, und ich weiß heute nicht mehr, um welche es sich handelte. Zur Überraschung des Regiekollegen sagte der Schulleiter sofort zu, wohl froh, sich auf der Bühne der Aula, die er bisher nur im Zusammenhang mit dem Rednerpult beherrschte, auch als Schauspieler bewähren zu dürfen. Er folgte seiner Mentalität, die ihm eingab, jeder sei ersetzbar, nur er selbst nicht, weil er alles könne und zu jeder Zeit als universaler Joker einsetzbar sei.

Nach der Aufführung trat unser Schulleiter zusammen mit den Schülern an die Rampe und verbeugte sich vor dem Publikum. Er versuchte, seinem Auftreten indes den Anschein einer leichten Ironie zu geben, so als wollte er seine Person in eine gewisse pädagogische Distanz zu seiner Darbietung bringen. Doch das konnte das Peinliche nicht verdecken, das dadurch entstand, daß für die meisten unübersehbar war: Hier vollführte einer einen Dauertanz auf dem Jahrmarkt der Eitelkeit.

Einige Schüler im Parkett buhten unbemerkt von den anderen, doch Beifall überwog. Als jedoch Herr Siglaff dann noch einmal allein vor den Vorhang trat – ohne die Mitspieler und obwohl er nur eine kleine Rolle gespielt hatte –, da schwoll der Applaus dermaßen an, bekam fast emphatischen Charakter, wurde so augen- und ohrenfällig auf Seiten der Zuschauer übertrieben, daß jeder den Hohn heraushören mußte, der ihm beigemischt war.

Im Kollegium wurde am nächsten Tage hinter vorgehaltener Hand dieser peinliche Auftritt belächelt. Unser Schulleiter hatte sich lächerlich gemacht. Er war wieder einmal ein Opfer seiner Schwäche geworden. Man versuchte, ihm an diesem Tage aus dem Wege zu gehen, so gut es eben ging.

Zufällig traf ich mit Herrn Siglaff im unteren Flur zusammen. Mich ritt der Teufel, und zwar so sehr, daß ich mich ihm nicht widersetzen konnte. Der Preis, den ich sofort entrichten mußte, war einigermaßen hoch. Er hatte sich nach kurzem Routinegespräch schon wieder zum Gehen gewandt, als ich mich noch einmal auf dem Absatz umdrehte und ihm nachrief: »Übrigens, ich gratuliere Ihnen zu Ihrer imponierenden schauspielerischen Leistung gestern abend!« Imponierend. Hatte ich »imponierend« gesagt? Ich hatte diese Worte gegen meine Überzeugung gesprochen, denn ich dachte über sein Auftreten ähnlich wie die Kollegen. Aber ich erinnere mich heute, daß ich damals sofort erschrak. In meinem Innern wehrte sich ein Teil von mir gegen diese plumpe Schmeichelei. Ich schämte mich für mich. Ich hatte versucht, meinem Glückwunsch den Klang einer Ehrlichkeit zu geben. Aber das war eigentlich nicht nötig. Eine Ironie konnte er nicht vermuten. In meinem Falle mußte er das von vornherein ausschließen. Zweifel an meiner Aufrichtigkeit konnten ihm also nicht kommen.

Er wandte sich zu mir um, sein Gesicht verzog sich zu einem freudigen Lächeln. »Danke«, sagte er und sprach das Wort gedehnt und salbungsvoll aus. Ich meinte, eine Erleichterung herauszuhören. Vermutlich war ich der einzige, der ihm dazu gratulierte, am Abend zuvor eine lächerliche Figur abgegeben zu haben. Vielleicht hatte er auch schon selbst gespürt, daß ihn bei seinem gestrigen Auftreten sein Instinkt verlassen hatte.

Diese unwürdige Begegnung mit Herrn Siglaff im unteren Flur wäre wohl ohne Folgen geblieben, oder besser: Ich hätte den Vorfall vergessen, das Schamgefühl, das sich in mir geregt hatte, verdrängt, wenn nicht zu meinem Pech gerade in diesem Augenblick, als ich dem Schulleiter die völlig unnötige Gratulation aussprach, Robert Wilnius an mir vorbeigegangen und Augen- und Ohrenzeuge dieser Szene geworden wäre. Ich war mir meines unwürdigen Verhaltens bewußt und versuchte an diesem Tage ein Zusammentreffen mit Robert zu vermeiden. Ich wußte, daß er den Schulleiter verachtete. Ja, ihm war dessen Verhalten und das so mancher Kollegen verhaßt. Er konnte sich nicht mit der Feststellung abfinden, daß der Schulleiter sich in erster Linie als Anwalt der Eltern und Schüler verstand. Wir beide waren wiederholt Zeuge gewesen, wie er sich kaum die Zeit nahm, einen Kollegen, der sich über einen Schüler beschwerte, anzuhören – wenn dieser nicht gerade zu seinen Vertrauten zählte. Wenn ein Schüler, der zum Beispiel wegen eines ständigen Zuspätkommens, eines unbegründeten Zuspätkommens von einem Kollegen für kurze Zeit vom Unterricht ausgeschlossen worden war und nun – wohl wissend, daß er Gehör finden würde – bei Herrn Siglaff gegen den Lehrer Klage führte, dann fühlte sich der Mann geschmeichelt. War er nicht der richtige Mann am richtigen Platz? Jeden Tag kamen doch Schüler, einzelne und in Gruppen, schenkten ihm Vertrauen, klagten ihm ihr Leid. Wie sollte er sie da enttäuschen? Es waren schließlich moderne Zeiten angebrochen. Es kam alles darauf an, das Vertrauen der Schüler nicht nur zu gewinnen, sondern es zu bewahren. Man mußte ihnen, den Unreifen, nachgeben, wenn es die Sache nur irgendwie zuließ, auch wenn der Kollege vielleicht formal im Recht war. Ja, auch dann. Sie erwarteten das von ihm, wenn sie ihn zum Fürsprecher in heiklen Situationen erkoren. So würde er mit ihnen im Gespräch bleiben, in einem Gespräch, dessen sie so dringend bedurften, weil doch so manche Eltern es ihnen verweigerten. Er wolle sich die Sache noch einmal durch den Kopf gehen lassen. Ja, das müsse er schon. Käme er zu dem Ergebnis, daß man zu ihren Gunsten etwas tun könne, dann wolle er sich bei dem Kollegen für sie verwenden. Er lebte in der ständigen Furcht, die vermeintliche Zuneigung seiner Schüler durch eine unfreundliche Geste zu verspielen.

So kam er fast immer zu dem Ergebnis, daß man die Sache der Schüler vertreten könne.

Tatsächlich scheute er sich nicht, den Kollegen, der seine pädagogische Maßnahme zu begründen versuchte, dringend zu bitten, seine Entscheidung rückgängig zu machen. Viele Kollegen verzichteten dann darauf, sich dieser Zumutung zu widersetzen. Sei es, daß sie Angst hatten, es mit dem Schulleiter zu verderben, sei es, daß sie resignierten, weil sie nicht mehr die Kraft besaßen, sich zu wehren.

»Wir sind umgeben von Speichelleckern und Ohrenbläsern«, hatte Wilnius einmal zu mir gesagt. Ich widersprach ihm wie immer, wenn er maßlos übertrieb. Würde er mich, seinen alten Duz- und Studienfreund, jetzt auch zu dieser Gruppe zählen? Wenn ich an die Szene mit Siglaff dachte, mußte ich mich ja selbst der Ohrenbläserei bezichtigen. Aber Wilnius kam später nie auf das, was er mitbekommen hatte, zu sprechen.

»Seht mich als euren Freund, euren Anwalt. Ihr könnt jederzeit zu mir kommen. Bei mir findet ihr Gehör.« Siglaff tänzelte beschwingt, mit leicht jovialem Lächeln durch die Reihen eines zum Teil überalterten Kollegiums. Seine Miene schien auszudrücken: Es geht immer nur aufwärts. Vor allem versuchte er, zu jeder Zeit vor den Schülern zu demonstrieren, in welch einer hervorragenden Verfassung er sich befand. Sein Erscheinungsbild verbreitete ständig eine Aura von munterem Optimismus. Die meisten Kollegen begrüßte er morgens mit einem Lächeln, das jedem das Gefühl gab, gerade für ihn hege er eine besondere Sympathie.

Ein Glücksgefühl mußte ihn erfaßt haben, als er sich bei einer von der Schülerschaft inszenierten Umfrage nach der beliebtesten Person der Schule auf dem zweiten Platz wiederfand, nur noch übertroffen von unserem gutmütigen alten Hausmeister, der »seinen Kindern« von morgens bis abends hilfreich zur Seite stand.

Wilnius fand eine derartige Umfrage beschämend. Wir beide hatten auf der Skala der beliebten Lehrer einen Mittelplatz inne. Auf den unteren Plätzen rangierten ältere Kollegen, die noch die pädagogische Ansicht vertraten, man müsse energisch und konsequent gegen Schüler vorgehen, die sich ihren Anordnungen widersetzten. Sie galten allgemein als autoritär, obwohl sie sich nur Autorität bewahren wollten und ihre Pflicht taten.

Das Ergebnis der Umfrage wurde ans Schwarze Brett geheftet, und fast jeder war neugierig genug, einen Blick darauf zu werfen. In den Mienen der Kollegen spiegelten sich die verschiedenen Empfindungen wider: von Genugtuung bis zur Verärgerung war darin zu lesen. Lehrer, die sich am Tabellenende wiederfanden, fühlten sich sicher stigmatisiert und vereinsamt. Unser jugendliches Alter mochte mich und Wilnius vor einem unteren Tabellenplatz bewahrt haben – wir waren damals Anfang dreißig. Denn sowohl Robert als auch ich selbst galten in Schülerkreisen wenn nicht gerade als streng, so doch als Lehrer, die in ihrer Forderung nach Leistung konsequent blieben und sich nichts gefallen ließen.

Es war mein Ehrgeiz, mit meiner Klasse eine Truppe zu haben, auf die man sich auf Klassenreisen verlassen konnte. Es war auch Eitelkeit im Spiel. Ich wollte mit ihr, wo immer ich mit ihr auftrat, einen guten Eindruck hinterlassen.

Mein Verhältnis zu allen Klassen, in denen ich unterrichtete, war bestimmt durch ein Gemisch aus notwendiger Strenge, Freundlichkeit und Aufgeschlossenheit für alle modernen Interessen der Schüler. Hinter allem stand die Furcht, als Dompteur versagen zu können, und das hieß: die Furcht des Lehrers vor der Wildheit der Jugend, welche bei Respektsverlust des Lehrers dessen Schwächen schonungslos auszunutzen verstand. Es waren Ängste – und ich schließe Wilnius mit ein –, die aus den Beobachtungen der eigenen Schülerzeit stammten und die wir in unsere Berufswelt mit hinübergenommen hatten.

Es wäre in meinen Augen fairer gewesen, die Schüler nur über den beliebtesten Lehrer abstimmen zu lassen. Statt dessen hatte man eine Liste zusammengestellt, welche auch noch die am wenigsten beliebten Kollegen mit einbezog. Auf Herrn Siglaffs Anregung wurde das Ergebnis auf einer Seite der Schülerzeitung, die auch allen Eltern zugänglich war, groß veröffentlicht. Und doch ging die Rechnung unseres Schulleiters nicht ganz auf. Der Mann, der sich zur Aufgabe gemacht hatte, fast ausschließlich die Rechte der Schüler gegenüber den Kollegen zu verteidigen, der in einer seltsamen Auffassung von moderner Pädagogik die Schüler wie Könige ansah und darin dem Geschäftsführer eines Warenhauses in seinem Kundenverständnis ähnelte, erlitt durch sein ständiges Entgegenkommen einen unmerklich schleichenden Autoritätsverlust, der schließlich sein Ansehen zerstören sollte. In seiner Gier, ein beliebter Schulleiter zu sein, verspielte er seine Autorität, die dann irgendwann vonnöten war, wenn es darum ging, gegenüber dem Fehlverhalten eines Schülers eine notwendige Entscheidung zu treffen. Die Rolle, die mit einem Amt, das er innehatte, verbunden war, holte ihn unbarmherzig wieder ein. Es gab Fälle, bei denen eine nicht mehr zu verantwortende Milde von der Behörde nicht mitgetragen wurde.

3

Es war Ende der 60er Jahre, als ihm die undankbare Aufgabe zukam, einen Schüler von der Schule zu weisen, einen Siebzehnjährigen, der seine Mitschüler ständig dazu aufrief, den Unterricht zu boykottieren.

Der Mann, der sich nicht zu schade gewesen wäre, den Pausenclown zu spielen, wenn es nur dazu beigetragen hätte, den Ruf eines steifen autoritären Schulleiters, den er fürchtete, zu vermeiden, mußte in eine Rolle schlüpfen, die ihm zum erstenmal eine unpopuläre Entscheidung abnötigte. Seine nachgiebige Art hatte auf Seiten der Schüler im Laufe der Zeit ein dreistes, burschikoses Verhalten zur Folge. Die Halbwüchsigen waren durch das Schulleiterverhalten überfordert und reagierten in ihrer Orientierungslosigkeit auf ihre spezielle Weise.

Dem Consilium abeundi, das Siglaff wohl gegen seinen Willen selbst stellen mußte, waren mehrere Verweise vorausgegangen. Der Schüler Volker Hanstedt hatte zusammen mit dem sportbegeisterten Schulleiter über ein Jahr in einer Mannschaft gekickt. Es bestand ein vertrauliches Verhältnis zwischen beiden.

Bei einer Sportveranstaltung habe ich den damals noch Sechzehnjährigen, der, nur von einer berufstätigen Mutter erzogen, tagsüber sich selbst überlassen war, einmal den Schulleiter anschreien hören in einem Ton, der von allen, die sich in der Nähe aufhielten und von einem herkömmlichen normalen Schulleben ausgingen, als ungewöhnlich empfunden werden mußte.

»Hallo, Karlchen!«, rief er frech über eine weite Distanz. »Wo bleibst du denn? Ein wenig mehr Pünktlichkeit, wenn ich bitten darf!« Es klang für alle Umstehenden sehr despektierlich. Und vermutlich war es den anwesenden Kollegen peinlich, das mit anhören zu müssen. Mir erging es jedenfalls so. Einige jüngere Schüler lachten. Auch Eltern hatten es mit angehört. Viele blickten betroffen, zumindest erstaunt.

Karl Siglaff mußte wohl gespürt haben, daß dieser Tonfall, den der Schüler anschlug, in den Augen der zum Teil konservativ denkenden Eltern nicht gerade auf Zustimmung stoßen würde und man von ihm, dem Chef, erwartete, daß er dem Verhalten des Schülers entgegenträte.

Ich hatte schon häufig Szenen beigewohnt, die ich mißbilligte. So fand ich es unangebracht, wenn Siglaff, der in der Schule das oberste Amt innehatte, manchem Schüler das Du anbot oder sich hin und wieder von dem einen oder anderen auf die Schulter klopfen ließ. Mein Freund Robert, der vielleicht eine allzu große Distanz gegenüber Schülern bevorzugte, fand das unerträglich. »Das soll nun moderne Pädagogik sein. Es ist das Gegenteil. Es widerspricht der menschlichen Natur. Ein solches Verhalten von Seiten des Schulleiters rächt sich. Du wirst es noch sehen.« Wie oft hatte ich diese Worte von ihm zu hören bekommen.

Volker Hanstedt schien selbst überrascht über das, was seinem Munde entschlüpft war. Ich entnahm es seinem Gesichtsausdruck, der sich, bevor noch der Schulleiter reagierte, zu einer verlegenen Grimasse verzog, so als wollte er sagen: Na ja, ich bin ganz schön frech, bin wohl zu weit gegangen.

Wenn Siglaff überhaupt ein wenig erschrocken war, so nicht so sehr wegen der Frechheit des Schülers als wegen der vielen Zeugen, die das mit angehört hatten. Genauer: wegen der Eltern, die sich in unmittelbarer Nähe aufhielten und in deren Augen er sein gutes Image behalten wollte. Er faßte sich schnell und sagte mit gespieltem Ernst: »Aber Volker, lerne Geduld zu haben. In welchem Ton sprichst du mit deinem Schulleiter! Pfui, mäßige dich! Ich bitte mir mehr Respekt aus!« Diese Worte waren natürlich nicht ernst gemeint. Sie waren bewußt manieriert, das heißt übertrieben autoritär, zugleich in einem scherzhaften Ton vorgetragen worden, so als stünde Karl Siglaff neben sich auf einer Bühne und spielte eine Rolle, mit der er sich nicht identifizieren wollte. Viele lachten und die Situation schien bereinigt. Siglaff hatte sich, wie er glaubte, souverän aus der Affäre gezogen.

Ich habe Volker niemals persönlich kennengelernt, hatte jedoch oft Gelegenheit, ihn zu beobachten. Auf den ersten Blick war er ein breitschultriger, kräftiger Bursche. Ich erinnere mich an seinen immer zum Protest geöffneten Mund. Seine roten Haare trug er auf Schulterlänge. Das milchblasse Gesicht war mit Pickeln und Sommersprossen übersät. Er fiel mir auch durch einen feindseligen Blick auf, aus dem Ablehnung, wenn nicht Haß sprach. Sein Äußeres war mir zuwider.

Von betroffenen Kollegen erfuhr ich, daß verschiedene unglückliche Umstände ihn dazu getrieben hatten, sich einer politischen Sekte, den Maoisten, anzuschließen. Die Mitglieder dieser Gruppierung hatten sich zur Aufgabe gestellt, die kulturrevolutionären Ideen ihres Großen Vorsitzenden der Volksrepublik China auf europäische Verhältnisse zu übertragen. Die ideologische Prägung, die Volker bei ihnen erfahren hatte, blieb von der Schule zunächst unbemerkt. Er war den Kollegen nicht aufgefallen. Erst als die Frucht zum Reifen kam, erinnerte sich der eine oder andere an Bemerkungen, die, wie mancher meinte, jetzt im Rückblick Volkers Einstellung erhellten und auch sein späteres Verhalten, das zum Consilium führte. Wenigstens glaubte man seine Ansichten, die er im Unterricht geäußert hatte, von seinen späteren Aktionen her deuten zu können.

Eines Tages begann Hanstedt damit, den Unterricht zu sabotieren. Er blieb nicht nur selbst dem Unterricht fern, sondern forderte auch seine Mitschüler zum Fernbleiben auf. Sein Vorgehen entsprang nicht einer Unlust, wie sie so manchen packt, der sich vor langweiligen 45 Minuten nicht anders als durch Flucht zu retten weiß, sondern empfing die Motivation aus einer politischen Überzeugung, die ihm, wie er meinte, das Recht gebe, gegen bürgerliche autoritäre Lehrer gezielte »Terroraktionen« vorzunehmen. Ich habe mich, wenn die Kollegen in ihrer verständlichen Erregung diesen Begriff aufnahmen, gegen seine Verwendung ausgesprochen, weil ich der Meinung war, diese Bezeichnung, auf Volker Hanstedt bezogen, würde die wahren Terroraktionen in der Welt, die ja vor Mord nicht zurückschreckten, verharmlosen. In dieser Hinsicht pflichtete mir Wilnius bei.

Wer von den Mitschülern Volker bei seinen geplanten Aktionen nicht zu folgen bereit war, den versuchte er – und das war das eigentliche Übel – durch Belästigungen verschiedenster Art, durch nachgewiesenes tätiges Angreifen und andere Methoden einzuschüchtern und sich gefügig zu machen. Er teilte aus. Einem Schüler, der ihn für verrückt erklärt hatte – das kam auch vor –, hatte er einen Schlag gegen den Kiefer verpaßt, einem anderen einen Stoß in den Magen versetzt.

Bei der Schulleitung liefen täglich neue Beschwerden ein. In den Pausen versammelte er ständig Schüler um sich, redete auf sie ein, versuchte sie durch Parolen zu manipulieren und für seine radikalen politischen Gedanken zu gewinnen. Er lud sie ein, einmal ein Treffen der »Roten Garde« zu besuchen, um sich von der Richtigkeit seines Weltbildes noch besser überzeugen zu können. Dort gebe es Gesinnungsgenossen, die noch wesentlich bessere Argumente hätten als er selbst. Er versprach den Zwölf- bis Vierzehnjährigen, die ihm staunend zuhörten, ein neues Bewußtsein, das sie frei machen würde. Dieses neue Bewußtsein würde sie vor allem frei machen gegenüber ihren Eltern und Lehrern, die einem verstaubten bürgerlichen Denken anhingen. Auch er selbst habe einst wie sie gedacht und empfunden. Er könne sich noch genau erinnern. Jetzt denke er mit Grauen an die Zeit zurück und freue sich über den Augenblick, wo er die Leute getroffen habe, die ihm die Augen geöffnet hätten. Bei ihnen wohne er, seine Mutter kenne er nicht mehr. Mit ihr könne er nicht mehr sprechen. Eltern und Lehrer verträten nur ihre eigenen Interessen, heuchelten Verständnis. Aber sprechen könne man mit ihnen nicht, da sie von dem Wunsch ihrer Kinder, sich von ihrem verstaubten Denken zu befreien, nichts verstünden.

Er stand meistens abseits in einer Ecke und hatte Jungen und Mädchen um sich geschart. Er redete auf sie ein. Den Gesten der anderen war zu entnehmen, daß ihm auch widersprochen wurde. Wenn ein Aufsicht führender Lehrer vorbeiging, dann setzten die Stimmen wartend aus, was auf den jeweiligen Kollegen den Eindruck machte, als fände hinter seinem Rücken eine Konspiration statt.

Pubertierende Mitschüler, die sich gerade mit ihren Eltern nicht verstanden, spitzten die Ohren. Schien sich da nicht ein Ausweg aus ihrem Dilemma zu zeigen?

Die meisten Schüler verstanden sicher nicht, was Volker redete. Aber sie fanden toll, was der alles wußte und mit welcher Intensität er seine Gedanken vor ihnen auszubreiten verstand. Nach dem Muster seiner politischen Vorbilder und deren Kulturkampf versuchte er Lehrer, von denen er glaubte, sie würden den Mitschülern dauerhaften Schaden zufügen, am Betreten des Klassenraumes dadurch zu hindern, daß er ein »Sit in« mit anderen Schülern organisierte.

Als Siglaff von dem aggressiven Treiben des Volker Hanstedt erfuhr, versuchte er in mehreren Gesprächen auf ihn einzuwirken. Das Kollegium erfuhr aus seinem Munde, er habe Hanstedt auch ein Consilium abeundi in Aussicht gestellt, wenn er von seinen Aktionen nicht ablasse. Er habe sogar mit sofortigem Hausverbot gedroht, als er einsehen mußte, daß der gute Volker nur ein mitleidiges Lächeln für ihn und seine Bemühungen übrig gehabt habe. Er, Siglaff, fühle sich sehr schlecht. Das, was er jetzt erleben müsse, sei ihm während seiner gesamten Dienstjahre noch niemals widerfahren. Volker habe ihm erklärt, er und seine Mitverschworenen hätten dem System den Kampf angesagt. Und die Schule symbolisiere in erster Linie das System, unter dem sie alle litten. Nicht einmal auf seine Scherzfrage, ob er, Siglaff, denn eine Chance habe, in den Club der Rotgardisten aufgenommen zu werden, habe der Junge reagiert, ihm vielmehr nur einen verächtlichen Blick zugeworfen. Er könne für Volker, den er immer geschätzt, den er wie einen Sohn behandelt habe, nichts mehr tun.

Es war traurig, mitansehen zu müssen, wie der sonst so erfolggewohnte, selbstherrliche Mann mit seiner Pädagogik am Ende war. Es war für uns alle nicht einfach. Auch ich gestehe, zunächst ratlos gewesen zu sein.

Es gab nicht wenige Schüler, denen Volker Hanstedt imponierte, die, selbst unsicher, an seinem Munde hingen, wenn er auf sie einredete. Durch gezielte Aktionen könnten sie alle, jeder an der Stelle, wo man ihn als einzelnen brauchte, dazu beitragen, die bestehende Gesellschaftsordnung zu revolutionieren.

Es schmeichelte den Mitschülern, wenn er ihnen, die keinen Halt von zu Hause erhielten, sich selbst überlassen waren, sagte: »Euch kann ich gebrauchen. Ihr könnt mir helfen, meine Ziele zu verwirklichen. Ihr braucht euch nur zu der revolutionären Zelle zu bekennen, der ich schon angehöre.«

Volker war ideologisch schon zu sehr geprägt, als daß ein eindringlicher Appell von Seiten des Schulleiters noch hätte etwas bewirken können. Zu den Kollegen sagte Siglaff: »Der Junge hat nie einen Vater kennengelernt. Ich konnte ihm den Vater nicht ersetzen.

Versucht habe ich es wenigstens.« Nach diesen Worten empfand ich für den Schulleiter zum erstenmal Sympathie.

»Wir haben wohl alle versagt«, schloß er seine kleine Ansprache zu Beginn einer Lehrerkonferenz. Auf der Tagesordnung stand als einziger Punkt die Debatte über den Schüler Volker Hanstedt. Wen Siglaff mit »wir« meinte, wurde nicht weiter geklärt. Daß er nicht nur sich und die versammelten Kollegen im Auge hatte, war anzunehmen. In vielen seiner Ansprachen und Abiturreden war er auf sein Lieblingsthema, die kranke Gesellschaft, in der wir heute lebten, zu sprechen gekommen. Er hatte immer die Aufgabe der Schule betont, ein Korrektiv gegen Verrohung und Vereinsamung der Kinder darzustellen, und mit gespieltem Optimismus sich und seine Schule, der die Eltern ihre Kinder anvertraut hätten, als ein Hort der Geborgenheit bezeichnet.

Eine besondere Erscheinung unter den Kollegen und Kolleginnen war Frau Monika Ballhorn. Sie war eine beherzte Vierzigjährige, voller Tatendrang und Temperament. Sie war nach Wilnius und mir in das Kollegium eingetreten und schon bald durch neue Ideen, die sie uns in Konferenzen unterbreitete, aufgefallen.

Meine Idee, eine Schülerbibliothek einzurichten, die viel Beifall fand und hartnäckig unter meiner Regie in die Tat umgesetzt worden war, wurde von einer anderen einmaligen Idee der Kollegin Ballhorn übertroffen. Ehrlich gesagt: Ich war froh, daß ihre Initiative erst einsetzte, als die meine schon Anerkennung gefunden hatte. Und während man anerkennend über Frau Ballhorn sprach, geriet mein Einsatz ein wenig in Vergessenheit. Zu Recht, wie ich meine. Denn mein Engagement für die literarische Bildung der Schüler konnte sich mit dem, was unsere gute Monika zuwege brachte, nicht messen.

Monika Ballhorn überraschte das Kollegium mit der festen Absicht, ihr Privathaus zu einem, wie sie es selbst nannte, »Haus der offenen Tür« zu machen. Dem überraschten Kollegium erklärte sie, was sie sich darunter vorstellte: Sie wolle die kleinen seelischen Krüppel, Kinder, die unter der Scheidung ihrer Eltern litten, und alle die anderen, die von einem alleinerziehenden Elternteil betreut würden und sich tagsüber selbst überlassen blieben, weil die Mutter oder der Vater berufstätig seien, zu sich in ihr Haus holen, sie bekochen und mit ihnen Schularbeiten machen. Da es in unserer »kranken Gesellschaft« schon sehr viele gebe, die nach der Schule ein leeres Zuhause vorfinden, so müsse sie die betroffenen und in Frage kommenden Kinder unserer Schule in Gruppen aufteilen, um kein Kind zu kurz kommen zu lassen. Selbstverständlich sei das ein Angebot, das jedes Kind auch ausschlagen könne. Sie plane, sich an mehreren Nachmittagen drei Stunden Zeit für die Kinder zu nehmen. So könne sie einen Beitrag leisten, die Ungerechtigkeit, die durch die häuslichen Verhältnisse heute gegeben sei, gegenüber den privilegierten Kindern, die noch in einem intakten Elternhaus aufwachsen, ein wenig auszugleichen.

Die meisten Kollegen waren überwältigt, manche gerührt, nicht wenige beschämt. Selbst unsere Senioren, die noch ganz der alten Schule im hergebrachten Stil anhingen, schien dieses Engagement zu beeindrucken.

Wie sich bald zeigen sollte, fand das Angebot von Frau Ballhorn großes Interesse, und viele Schüler machten davon Gebrauch. Außerdem lud sie wiederholt die Schüler eines Oberstufenkurses – sie unterrichtete dort Englisch – in der ersten Stunde zum Frühstück zu sich ein. Auch stünde sie, wie sie verkündete, allen Schülern, die ein akutes Problem hätten oder überhaupt in seelischer Not seien, rund um die Uhr zur Verfügung. Wer ein ernstes Anliegen habe, dürfe sie zu jeder Tages- und Nachtzeit anrufen.

So war es kein Wunder, daß sie auf der Liste der beliebten Lehrer einen der oberen Plätze innehatte. Wenn ich mich recht erinnere, belegte sie nach Siglaff den dritten Platz in der schon von mir erwähnten Skala der beliebten und unbeliebten Lehrer.

Ich darf an dieser Stelle vorwegnehmen, daß sie für mich, als später die Wahl zum Koordinator anstand, eine ernste Konkurrenz darstellte. Und sie hätte wohl die meisten Stimmen auf sich vereinigt, wenn sie sich nicht noch entschlossen hätte, lieber für das Amt eines Mittelstufenkoordinators zu kandidieren. Mir fiel ein Stein vom Herzen, als sie mir mitteilte, sie ziehe die Kandidatur für die Oberstufe zurück, da sie mir als einem erfahrenen Deutschlehrer eher zutraue, die verschiedenen Tätigkeiten der Kollegen »ganz oben«, wo es um das Abi ginge, zu koordinieren. Von diesem Augenblick an konnte ich mir wieder eine Chance ausrechnen. Ich fand es unfair, daß die gute Monika Ballhorn von manchem Kollegen – übrigens niemals von einer Kollegin – hinter vorgehaltener Hand mit »Mutter Theresa« tituliert wurde. Das wäre nun an sich ja ein Ehrenname, und eine größere Anerkennung kann eigentlich keiner sozial engagierten Frau zuteil werden, als wenn man sie mit der barmherzigen alten Dame vergliche. Aber es schwang im Ton der Kollegen etwas Spöttisches mit. Und das gefiel mir nicht.

Empörend ist auch die Tatsache, daß die Kollegin Ballhorn wiederholt nachts um ein Uhr von angetrunkenen Schülern, die natürlich anonym blieben, angerufen und mit lallender Stimme gebeten wurde, sie nach Hause zu fahren, weil sie sich in einer echten Not befänden: Nach mehreren Litern Bier würde sich keiner von ihnen mehr ans Steuer setzen wollen.

Sie war eine gütige Frau: begabt mit der notwendigen Naivität, welche für soziales Engagement Voraussetzung ist. Ihre Gutmütigkeit hatte zur Folge, daß sie gegenüber Schülern zu milde und nachsichtig war. Man ließ sie leiden. In manchen Klassen der Unterstufe konnte sie sich nicht durchsetzen. Und obwohl sie ihnen gut zuredete, mit energischer Stimme um Ruhe bat, kümmerten sich die meisten nicht darum, sondern redeten munter und laut durcheinander, sodaß keiner den anderen verstand. Oft pflegte sie nach dem Läuten zu den Schülern zu sagen: »Hat Spaß gemacht bei euch.

Tschüs, bis zum nächsten Mal.« Die Schüler hörten diese Worte schon nicht mehr. Sie waren längst aus der Klasse gestürmt und hatten der guten Frau den Rücken zugekehrt. Frau Ballhorn war trotzdem guter Stimmung. Meistens sah man sie in Begleitung zweier kleiner Mädchen, die sich bei ihr untergehakt hatten und sie bis zum Lehrerzimmer begleiteten. Es geschah aber auch nicht selten, daß die gutwillige Frau entnervt die Klasse verließ, die Welt nicht mehr verstand und sich in der Pause bei einer Kollegin ausweinte.

In der Debatte, in der es um Volker Hanstedt ging, meldete sie sich als erste zu Wort. Sie kenne Volker seit seinem zwölften Lebensjahr, und wir machten es uns alle zu leicht, wenn wir über den Jungen den Stab brechen würden. Wenn das Kollegium einverstanden sei, wolle sie Volker zu sich einladen und mit ihm seine Situation noch einmal durchsprechen.

Einige der mit ihr befreundeten Kolleginnen nickten. Aber so, wie sie es taten, wirkte es nicht überzeugend, eher traurig und resignierend. Andere Kollegen lachten amüsiert, schüttelten den Kopf oder winkten ab. Ein Kollege gähnte hörbar. Herr Siglaff blickte ernst und traurig. Er schätzte Monika sehr und machte aus seiner Haltung öffentlich kein Geheimnis. »Eine engagierte Kollegin«, sagte er wiederholt und bei jeder Gelegenheit. »Ein Gewinn für unser Kollegium. Ich empfinde großen Respekt. Ich zähle sie zu denen, die den Stil unserer Schule prägen.« Frau Ballhorn sagte: »Volker wohnt bei seiner Mutter, die er tagsüber kaum sieht. Seinen Vater hat er nie gesehen. Das dürfen wir doch nicht vergessen. Er war oft bei meinem Mann und mir zu Hause. Er hat uns immer alles erzählt. Wir kennen seine Probleme.« »Er wohnt schon lange nicht mehr mit seiner Mutter zusammen«, sagte ein Kollege, der neben ihr saß. »Ja, wo übernachtet er denn?« »Er lebt mit seinen Gesinnungsgenossen in einer Wohngemeinschaft.« »O Gott, das wußte ich ja gar nicht. Warum hat er mir nie etwas davon erzählt? Wir haben uns doch auch in den letzten Jahren häufig gesehen.« »Sehen Sie, verehrte Kollegin«, erwiderte der Kollege, »das ist genau der Punkt. Sie haben Volker seit vielleicht drei Jahren nicht mehr unterrichtet und sehen ihn noch so, wie Sie ihn vom zarten Knabenalter her in Erinnerung haben.«

»Ich denke ähnlich wie Frau Ballhorn«, mischte sich Siglaff in die Debatte. »Aber wir können nicht auf Kosten der anderen Schüler unsere pädagogische Kraft und Geduld einem einzigen zuwenden, so gern ich es täte. Wenn ich auch jede Mühe begrüße, die in pädagogischer Absicht einem jungen Menschen zugute kommen soll, so fühle ich mich in diesem Fall leider ohnmächtig. Ich will ehrlich vor Ihnen gestehen: So hilflos habe ich mich als Erzieher noch nie gefühlt. Eine völlig neue Erfahrung. Ich will es ganz deutlich sagen: Jede Mühe, die wir in pädagogischer Hinsicht aufwenden, um Volker zu einer Einsicht zu verhelfen, erscheint mir im Augenblick sinnlos. Ein Erfolg wäre höchst fraglich.«

Er hielt inne. Es herrschte betretenes Schweigen. So hatte man Karl Siglaff noch nie reden hören. Und auch Kollegen, die ihm skeptisch gegenüberstanden, blickten überrascht. Mit leiser, verhaltener Stimme fuhr er fort: »Volkers Mutter, die ich noch von früher her gut kenne – wir haben unsere Kinder zusammen aufwachsen sehen –, habe ich nach mehreren Anläufen telefonisch erreichen können. Sie war erschüttert oder entsetzt – ich weiß nicht, wie ich ihre Reaktion beschreiben soll – über das Verhalten ihres Jungen an unserer Schule. Sie kann uns nicht helfen, weil sie seit langem jeden Kontakt zu ihm verloren hat. Ich habe dann mit den Elternvertretern gesprochen, auch mit unserem Elternratsvorsitzenden. Sie kennen alle Herrn Prudloff. Unsere Eltern sind in ihrer Mehrheit keine Hardliner. Auch ihnen tut der Junge leid. Aber sie müssen wie ich pragmatisch denken, wenn wir nicht den Ruf der Schule aufs Spiel setzen wollen.«

Er schwieg wieder und sah zur Decke, als erwarte er Hilfe von dort für seinen Gedankengang. Dann bekam seine Stimme einen sanften Ton: »Liebe Kollegin Ballhorn«, wandte er sich direkt an sie, »ich muß Ihnen leider wehtun und Sie in bezug auf Ihren Volker, den Sie – wie ich ja auch – von früher her in guter Erinnerung haben, einer Illusion berauben. Er hat in meiner Gegenwart seine Mutter mit Ausdrücken belegt, die ich hier nicht wiedergeben möchte. Versuchen Sie Abschied von dem Bild zu nehmen, das Sie noch von ihm mit sich herumtragen.« Er seufzte, wandte sich wieder dem Kollegium zu: »Ich habe weiß Gott viel Zeit investiert, um Herrn Hanstedt zur Vernunft zu bringen. Ich bin behutsam zu Werke gegangen, habe Geduld bewiesen, mit Engelszungen auf ihn eingeredet ... aus einem Arsenal von Argumenten die mir am besten erscheinenden ausgewählt. Die einzige Reaktion, die er zeigte, war ein ständiges Lächeln, das Überlegenheit demonstrieren sollte. Zum Schluß sagte er mir, der ich ihn doch seit Jahren wohlwollend und fast wie ein Vater begleitet habe: Er habe mir zugehört und nicht schon längst den Raum verlassen, weil er – Mitleid mit mir habe.«

Karl Siglaff senkte den Kopf. Keiner sprach. Beklommenheit herrschte bei vielen.

Ein Gerücht hielt sich hartnäckig, das mir bei dieser Gelegenheit einfällt: Volker Hanstedt soll die Hand zurückgestoßen haben, die ihm Siglaff beim Abschied auf die Schulter legen wollte. Keiner von uns war zugegen gewesen. War es wirklich nur ein Gerücht?

Ich sah mich zu meinen Nachbarn um. Auf den Gesichtern spiegelten sich die verschiedensten Empfindungen. Mein Kollege neben mir verzog einen Mundwinkel, so daß sein Gesicht von Genugtuung einen süffisanten Ausdruck bekam, so als wollte er sagen: »Ich habe das schon immer gewußt. Wie kann man sich da noch wundern.« In anderen Gesichtern zeigte sich Verärgerung darüber, daß man mit dem Fall Hanstedt so viel Zeit verschwendet hatte. Jetzt hörte man einen älteren Kollegen leise, aber doch so deutlich vor sich hin sagen, daß die in seiner Nähe Sitzenden es hören konnten: »Wir sind alle zu weich. Man muß den Anfängen wehren. Kurzer Prozeß.

Das wäre das einzig Wahre. Ich weiß schon von vielen Schülern an unserer Schule, daß sie den Hanstedt bewundern und uns argwöhnisch betrachten. Wenn wir ihn jetzt von der Schule weisen, wird sich ihr Argwohn zur Feindseligkeit steigern. Wir haben viel zu lange gezögert.«

Der Kollege war bekannt für seine Ansichten. Keiner erwiderte etwas. Vielleicht empfanden viele wie er, daß die Situation verfahren war, und wollten sich nicht auf eine Diskussion mit ihm einlassen. Andere mochten Angst haben. Es war ein offenes Geheimnis, daß zwei jüngere Lehrer mit Volker Hanstedt und seinen Vorstellungen sympathisierten. Man munkelte, sie träfen sich mit ihm außerhalb der Schule, um ihn zu unterstützen und ihm ihre Solidarität zu bekunden. Aber man wußte nichts Genaues. Und so vermied jeder, darüber zu sprechen. Ich sah zu den beiden verdächtigen Kollegen hinüber. Sie verharrten auf ihren Plätzen in kaltem Schweigen und verzogen keine Miene. Ihre Taktik schien es zu sein, den Anschein völligen Unbeteiligtseins zu erwecken.

Einer der beiden Kollegen hatte sich einmal dadurch entlarvt, daß er zu einem früheren Zeitpunkt, da man anfing, den Fall Hanstedt in den Pausen im Kollegium zu diskutieren und dabei zu zweit, schimpfend oder geheimnisvoll flüsternd oder in kleinen Gruppen beieinanderstand, sagte: Man solle Hanstedt öffentlich aufhängen, auf dem Sportplatz natürlich, zur allgemeinen Abschreckung.

Kollegen, die in der Nähe standen, sahen sich an, guckten verlegen. Es waren nur beiläufig hingeworfene Worte gewesen, aber jeder ahnte ... es war zu deutlich, welche Einstellung sich hinter ihnen verbarg.

In diesen Tagen gaben sich viele neutral, um sich in der heiklen Sache nicht nach der einen oder anderen Seite zu profilieren. Mancher dachte wohl an die Kollegen, die Opfer geworden waren und die nach eigener Aussage ständig Angst vor der Schule hatten. Sie könnten nicht mehr schlafen, wenn ihnen am nächsten Tag ein Kurs bevorstünde, an dem Hanstedt teilnehme. Diejenigen, welche sich früher optimistisch gezeigt hatten, machten jetzt nachdenkliche Gesichter. Wußte man denn, was noch alles auf die Schule zukommen würde? Sicher, es gab nicht immer friedliche Zeiten wie noch in den 50er Jahren. Man mußte sich anpassen, aufpassen, daß es einen nicht selbst traf. Denn dann war man allein und alle rückten von einem ab. So waren die Mitmenschen nun einmal. Vor allem dann, wenn es um Politik ging. Und bot nicht gerade diese Schule ein Beispiel dafür? Schließlich hatte sich Herr Siglaff mit aller Kraft um Volker Hanstedt bemüht. Aber hatte er auch nur ein Wort des Bedauerns für Kollegen gefunden, die unter diesem Schüler gelitten hatten? Und wie stand es mit den lieben Kollegen? Man empörte sich, bedauerte zum Beispiel Frau Jensen, die, von Volker terrorisiert, wegen eines Nervenzusammenbruchs krankgeschrieben werden mußte. Das war alles.

Freund Robert saß versteckt und unauffällig in einer Ecke des Lehrerzimmers und machte eine Miene, als ginge ihn das alles gar nichts an. In dieser Konferenz hielten sich die meisten Kollegen, die sonst an anderen Tagen ausführlich, zum Teil redselig zu relativ banalen Fragen Stellung nahmen, mit Wortmeldungen zurück.

Zu den Kollegen, die darin wetteiferten, sich bei Schülern beliebt zu machen, gehörte Herr Kampe. Er war geradezu besessen von der Mission, die Klassen, in denen er unterrichtete, zu »informieren«. Das galt besonders dann, wenn er eine Vertretung übernehmen sollte.

»Information« hieß das Zauberwort, mit dem er sich die Schüler verbindlich zu machen wußte. Diese Informationen bezogen sich auf das, was im Lehrerzimmer außerhalb der Schülerschaft und ohne deren Anwesenheit vor sich ging. Er mußte in den Augen der Schüler wie ein verdeckter Ermittler erscheinen, dem man begierig lauschte. Natürlich waren es banale Dinge, die er ausplauderte. Aber er tat dabei geheimnisvoll und verstand es, sich bei den Schülern, die Sensationelles erwarteten, interessant zu machen. »Ich bin euer

Mann«, pflegte er zu sagen. Und: »Ich bin auf eurer Seite, wenn ihr mich braucht.«

Er verstand sich den Anschein zu geben, als weihte er die Schüler in die letzten Geheimnisse der brodelnden Lehrerküche ein. Darin wollte er seinen besonderen demokratischen Auftrag sehen. Am Ende einer Vertretungsstunde in unteren Klassen scharten sich manche von den Kleinen um ihn und fragten fast flehentlich: »Kommen Sie bald wieder, Herr Kampe? Oh bitte, hoffentlich.« Das war jedesmal die Krönung. Hocherhobenen Hauptes, strahlend vor Glück, so geliebt zu werden wie keiner sonst, schwebte er über den Flur zum Lehrerzimmer zurück. War er nicht der optimale Lehrer schlechthin? Allen Kollegen mit seiner modernen Auffassung überlegen?

Er wurde nicht müde, sich im Falle eines Konflikts zwischen Schülern und Kollegen als Vermittler anzubieten. Hatte eine Klasse Schwierigkeiten mit einem Fachlehrer, dann erschienen die Sprecher vor dem Lehrerzimmer und baten um ein Gespräch mit Herrn Kampe. Da der bei Schülern allseits beliebte Englischlehrer sich meistens im hinteren Teil des Raums aufhielt, hörte man einen anderen Kollegen, der den Schülern nach deren Klopfen die Tür geöffnet hatte, wohl einmal am Tag über die Köpfe der anderen Anwesenden rufen: »Herr Kampe! Ihr Typ wird wieder verlangt!« Dann erhob sich der Vielgesuchte und eilte wie ein Feuerwehrmann im Einsatz mit einem vor freudiger Erregung gespannten Gesichtsausdruck zur Eingangstür.

»Herr Kampe, wir müssen Sie dringend etwas fragen.« Kampe versprach nach kurzem Anhören, sich zum Anwalt ihres Problems zu machen. Er wolle schon mit dem Kollegen sprechen, sie sollten sich keine Sorgen machen. Dann sah man ihn mit siegesgewisser Miene und freundlich lächelnd auf einen im Lehrerzimmer zugehen. Seinem aufgesetzten Charme konnte so leicht keiner widerstehen, wohl auch in dem Gefühl, durch Starrsinn den Ärger noch zu verschlimmern. Bald darauf sah man den betreffenden Kollegen wohlwollend nicken, was anzudeuten schien, daß er im Sinne der Schüler einzulenken bereit war.

Kampe unterzog sich nicht dieser Mühe, weil er etwa dem Prinzip Gerechtigkeit fanatisch anhing. Vielmehr genoß er es, sich im Falle eines Erfolges in der Zuneigung der Schüler sonnen zu können. Das wußten die meisten Lehrer und hielten es für zeitgemäß und opportun, dem Drängen des Kollegen Kampe, der ja für seinen guten Draht zur Schülerschaft bekannt war, nachzugeben, um nicht die Fronten zwischen sich und der Klasse, mit der man Ärger hatte, noch weiter zu verhärten.

Sollte sich jemand seinem Werben für die Schüler widersetzen – was hin und wieder vorkam –, dann versuchte Kampe am nächsten Tag den Kollegen noch einmal umzustimmen: »Lieber Kollege«, schmeichelte er, »Sie haben sich das doch sicher noch einmal überlegt. Mir ist übrigens noch ein Argument eingefallen, das Ihnen Ihre Entscheidung zugunsten der Schüler erleichtern wird.« Im Grunde spielten bei diesen Unterredungen Argumente keine wichtige Rolle – und wenn überhaupt, dann nur eine Scheinrolle.

Wenn alles nichts half, verlegte Kampe sich aufs Betteln: »Tun Sie mir den Gefallen ... Sie haben auch einen zugute bei mir.« Das kam an. Wer wollte schon so stur bleiben? Wer konnte einer derartigen Hartnäckigkeit in liebenswürdigem Gewand widerstehen?

Kampe gab auch Deutschunterricht. In den höheren Klassen ließ er die Schüler Essays schreiben, wollte ihnen das Gefühl von geistiger Besonderheit geben. Er zensierte milde. »Herr Kampe läßt uns einen Essay schreiben«, erzählten die Schüler voller Stolz ihren Kameraden aus der Parallelklasse, die auf der Oberstufe echte, seriöse Arbeit verrichten mußten. Kampe versuchte seinen Schülern, denen er ständig zu schmeicheln gewohnt war, das Gefühl zu vermitteln, kleine Genies zu sein, indem er sie für würdig befand, schon wie große Autoren Essays zu schreiben. Eine nach seiner Meinung nur scheinbar objektive Überforderung glich er, wie schon gesagt, durch äußerst großzügige Zensierung aus.

Während Siglaff seine Erfahrungen mit Hanstedt vor dem Kollegium ausbreitete und in den Mienen der Mehrheit meiner Kollegen sich Betroffenheit malte, huschte über Kampes Gesicht wiederholt ein amüsiertes Lächeln.

Ich hatte ihn vor der Konferenz sagen hören, daß er ein Consilium abeundi für maßlos übertrieben halte. Wir werteten Hanstedt und seinen »Club« nur auf, wenn wir ein derartiges »Todesurteil« in Erwägung zögen. Wir machten den – zugegeben – recht eigenwilligen Hanstedt zum Märtyrer. Kurz zuvor hatte man hören können, wie er die Kollegen bedauerte, die Hanstedt zum Opfer gefallen waren.

Ein Widerwille erfaßte mich schon beim Anblick dieser schillernden Kollegenfigur. Wilnius gestand mir, Angst zu haben, sich erbrechen zu müssen, wenn er nur dieses Menschen, der sich hoch aufgerichtet in selbstgefällig dümmlicher Haltung mit kleinen hastigen Schritten durch die Schule bewegte, ansichtig wurde. Diese Art von Sensibilität, die schon an Hysterie grenzte, lag mir fern.

Einem Impuls folgend, der mir riet, ich sollte mich zu dem Fall Hanstedt äußern, meldete ich mich zu Wort, als schon die Aussprache beendet schien. Später versuchte ich unvoreingenommen, in einer Selbstanalyse, die ich häufig an mir vornehme, das Motiv zu erkunden, das mich hatte bewegen können, gegen meine ursprüngliche Absicht noch zu dem Fall Stellung zu nehmen. Denn ich war mir während der Debatte im klaren, daß es ein Risiko war, sich zu dem heiklen Thema zu äußern. Und obwohl ich einerseits aufgrund meiner Stellung, die ich mir durch verschiedene Aktivitäten erworben hatte, eine gewisse Verpflichtung empfand, etwas zu sagen und nicht das graue Mäuschen zu spielen, das viele bevorzugten, spürte ich andererseits eine gewisse Furcht, meinen guten Ruf aufs Spiel zu setzen oder es mit einem Teil des Kollegiums zu verderben, wenn ich Flagge zeigte. Denn, wie schon erwähnt, fühlte ich mich berufen, auf der Karriereleiter ein wenig höher zu kommen. Um aber von der Mehrheit des Kollegiums gewählt zu werden, durfte ich mir das Wohlwollen nicht verscherzen, das ich mir bei vielen, gerade auch Älteren, die mich wegen meiner Freundlichkeit und meiner guten Manieren schätzten, erarbeitet hatte. Ich war im Laufe der letzten Jahre zwar schon langsam ins frühe »Mittelalter« aufgerückt, zählte aber mit Robert Wilnius noch zu den Jüngeren, zum hoffnungsvollen Nachwuchs in den Augen derjenigen alteingesessenen Kollegen, die sich zwar schon dem Pensionsalter näherten, aber doch noch im Kollegium Ansehen genossen und auch Einfluß besaßen.

Wilnius war nicht unbeliebt, schon gar nicht bei den Alten, die ihn wegen seiner stillen und bescheidenen Art mochten. Seine aufgesetzte Freundlichkeit diente als Schutzwall gegen mögliche Angriffe. Das ahnte keiner, nur ich wußte es natürlich. Ich hatte dadurch, daß ich konservative Ansichten geschickt mit einem Aufgeschlossensein für moderne Ideen verband, im Kollegium an Profil gewonnen. Ich gehörte zu denjenigen, von denen man erwartete, daß sie sich zu einer heiklen Angelegenheit wie dieser, die zur Entscheidung anstand, äußerten.

Eine gewisse Schläue – vielleicht sollte ich es auch etwas vornehmer »diplomatisches Geschick« nennen – riet mir, bei allen Debatten mit meiner Stellungnahme bis zum Schluß zu warten, den anderen gut zuzuhören, um den Trend der Mehrheit zu erspüren und mich dann auf die Seite des stärkeren Bataillons zu schlagen. Das konnte keiner als ein schlaues Kalkül empfinden. Denn ich verstand es, den Eindruck zu erwecken, als würde ich die Argumente der anderen lange sorgfältig abwägen, bevor ich mich für eine Richtung entschied. Diesen Eindruck – ich machte es mir bei meiner Stellungnahme nicht leicht – wußte ich noch dadurch zu verstärken, daß ich zu Beginn meiner Rede das Für und Wider rekapitulierte, bevor ich mein Gewicht in eine Waagschale warf. Indem ich auf diese Weise allen Seiten gerecht zu sein vorgab, behielt ich die Sympathie auch derjenigen, gegen deren Meinung ich stimmte. Eine Technik, die ich im Deutschunterricht mit Schülern einstudiert habe und die ich in der Praxis beherrsche.

Im Deutschunterricht kehrte ich oft zu dem Problem, das mich seit meiner Studentenzeit persönlich beschäftigt hat, zurück. Unser Leben weist so komplexe Strukturen auf, daß wir für die eine oder andere Entscheidung auf beiden Seiten eine Fülle von Argumenten, die für und gegen etwas sprechen, vorfinden.

Aber das Leben besteht aus Entscheidungen. Besser: es verlangt die Entscheidung. Sie muß immer wieder getroffen werden. Wenn wir das Leben nicht versäumen wollen, dann entläßt es uns nicht in die Passivität eines Unbeteiligtseins.

Aber nach jeder Entscheidung müssen wir uns im klaren darüber sein, daß es womöglich eine falsche und uns selbst oder anderen gegenüber ungerechte gewesen sein kann. Vielleicht sollte ich statt »kann« lieber »muß« sagen. Es kam mir vor allem darauf an, bei den Schülern dieses Gespür für die Fragwürdigkeit jeder getroffenen Entscheidung zu wecken und sie ein wenig in das dialektische Denken einzuführen.

Wie schon gesagt, die heutige Aussprache war kurz gewesen und die Wortmeldungen kamen spärlich. Ich empfand das Risiko, sich den einen oder anderen Kollegen zum Gegner zu machen, wenn ich mich für Hanstedt einsetzte, besonders groß. Außerdem war ich immer der Meinung gewesen, daß ein Verbleib dieses Schülers auf der Schule unmöglich war, und ich hatte keineswegs die Absicht, für Milde zu plädieren. Mich für ein Consilium auszusprechen, schien mir schon deshalb kein Risiko zu sein, weil Frau Ballhorn zusammen mit wenigen befreundeten Kolleginnen mit ihrer verständnisvollen Teilnahme an Volkers Geschick zur Minderheit zählte. Aber es gab noch ein Problem, das bei dem Fall Hanstedt zum erstenmal virulent wurde.

Seit einiger Zeit hatte sich um einen jungen Kollegen namens

Zarowski eine kleine Gruppe junger Kollegen geschart, die sich in ihren Anschauungen gegen das übrige Kollegium, gegen die überwiegende Mehrheit stellten. Diese Kollegen waren undurchschaubar. Auf den Fluren unserer Schule huschten sie an einem vorbei, so als gehörten sie einer anderen Welt an. Sie rissen eine Lücke in die Homogenität des Kollegiums. Sie zerbrachen die Solidarität, die bis dahin, was den pädagogischen Grundkonsens betraf, unter den Kollegen bestanden hatte. Sie stellten einen Monolithen dar, wirkten wie ein Fremdkörper innerhalb eines Lehrerkollegiums, das bei aller individueller Verschiedenheit doch von einem gemeinsamen Konsens getragen wurde. Begegnete man einem dieser Jüngeren, so sah er wie abwesend in eine andere Richtung oder in geheimnisvoller Weise vorbei, so als existierte der Entgegenkommende gar nicht. Der Versuch eines Grußes wurde nicht einmal andeutungsweise von diesem jungen Menschen erwidert. Bei ihrem äußeren Erscheinungsbild hatte es dieser Nachwuchs darauf angelegt, sich deutlich von den bürgerlichen Teilen des Kollegiums zu unterscheiden. Sie wirkten wie Exoten in ihren verschlissenen Jeansanzügen und den roten Stirnbändern, welche zum Beispiel die beiden jungen Frauen, die zu ihnen gehörten, trugen. Wenn sie zu dritt oder zu fünft – aus mehr Mitgliedern bestand die Gruppe nicht – zusammenstanden, so sahen sie fast alle gleich aus.

»Da hat sich ja unsere uniformierte radikale Linke versammelt«, lachte Herr Seybold, ein Lateinlehrer, der kurz vor der Pensionierung stand. Aber sein Lachen klang anders als sonst, nicht gut. Der kleine rundliche Kollege war immer bester Laune und zu Scherzen aufgelegt. Seine fröhliche Lache war meistens schon von weitem zu hören. Er kam oft zur Frühstunde mit einem rosigen Gesicht und verbreitete Heiterkeit zu einer Zeit im Lehrerzimmer, als andere noch mißmutig ihre Hefte und Bücher sortierten. Ich muß ein wenig zurückblenden.

Seybold hatte diese Worte noch vor der Konferenz zu mir gesagt.

Ich hatte seit meinem Eintritt in die Schule ein gutes Verhältnis zu ihm. Er mochte mich vom ersten Tag an, und sein sanguinisches rheinländisches Temperament überschüttete mich von Anbeginn mit Komplimenten. »Man braucht Sie nur anzusehen, junger Mann, und weiß gleich, daß Sie zu uns gehören.« Seine Sympathie für mich erfuhr noch eine Steigerung, als ich ihm offenbarte, daß Latein einmal mein Lieblingsfach auf der Schule gewesen war. Es verging kaum ein Tag, an dem wir nicht zusammen plauderten. Wenn ich mich sehr schnell zum Kollegium zugehörig fühlte, so hatte der rundliche, immer fröhliche kleine Herr Seybold als eine Art Mentor dazu einen entscheidenden Beitrag geleistet. In der Skala der beliebten Lehrer besetzte der »Alte«, wie ihn die Schüler liebevoll nannten, einen der oberen Plätze.

An diesem Tage trat er an mich heran und flüsterte, was ganz gegen seine sonstige Gewohnheit war: »Urweider ... die da sind nicht ungefährlich.« Er nickte mit dem Kopf kurz in die Richtung der Jeansanzüge. »Ich habe aus sicherer Quelle erfahren, daß sich die jungen Leute, die sich da drüben um Zarowski scharen, mit Volker Hanstedt und den Schülern, die er schon für sich gewonnen hat, heimlich treffen und konspirieren. Außerhalb der Schule, versteht sich.«

Ich machte ein ungläubiges Gesicht. Was Seybold da verkündete, schien mir nun doch zu abwegig. Ich lächelte wie über einen schlechten Witz. Er bemerkte meinen skeptischen Gesichtsausdruck. »Sie können mir glauben«, fuhr er fort, indem er noch näher an mich herantrat und seine Worte dicht vor meinem Ohr flüsterte. »Ich weiß es. Die meisten Kollegen haben keine Ahnung.« Er rückte wieder ein wenig von mir ab, zog seine buschigen Brauen hoch, setzte eine gewichtige Miene auf und fixierte mich erwartungsvoll aus großen braunen Augen, wie jemand, der einen anderen mit dem Aufdecken einer Weltverschwörung überrascht hat. Es dauerte nur einen Augenblick, dann war er wieder an meinem Ohr. »Die wollen unsere Schule verändern, radikal. Jedes Mittel ist ihnen recht. Reformieren nennen sie das.« Jetzt trat er einen größeren Schritt zurück, wendete mir für einen Augenblick den Rücken zu, so als müsse er vor mir seinen Abscheu über das soeben Offenbarte verbergen. Aber dann wandte er sich mir wieder zu und sagte – aber immer noch so leise, daß es keiner, der in der Nähe stand, mit anhören konnte: »Niemand wehrt sich. Ich habe es gegenüber Siglaff angedeutet. Aber er winkte ab, ließ mich gar nicht ausreden, will nichts wissen.« Dann in resigniertem Ton: »Sehen Sie, Urweider, wir gehen mal wieder in Schönheit unter, weil wir zu harmlos, ja zu feige sind, um das Bedrohliche rechtzeitig zur Kenntnis zu nehmen und uns entsprechend zu wehren.«

Während er redete, hatte ich mehrere Male den Kopf nach allen Seiten gewandt, um zu sehen, ob nicht doch jemand zuhörte, was mir peinlich gewesen wäre. Wer uns aus der Ferne beobachtete, mußte den Eindruck gewinnen, als konspirierten wir unsererseits miteinander.

Als ich den Impuls spürte, in die Diskussion einzugreifen, gingen mir Seybolds Worte noch durch den Kopf. Und ich bin ehrlich genug zuzugeben, daß sie ein Hemmnis darstellten, mich schon früher zu äußern. Das Motiv, etwas beizutragen, war wohl in meinem Selbstverständnis zu suchen. Ich hatte während meines Lehrerdaseins oft an mir beobachtet, daß ich nur das tat, was ich, wie ich glaubte, meiner Rolle, die ich seit Jahren im Kollegium darstellte, schuldig war. Ich sah mich in einer Rolle, die ich vor den anderen spielen wollte, und schuf ein Bild von mir, das nach meiner Meinung identisch sein müsse mit dem Bild, das von mir in den Köpfen der Kollegen und vor allem des Schulleiters existierte. Und wie viele Menschen im Berufsleben hielt ich unbewußt die Vorstellung, die ich von mir selbst hatte, mit meinem wahren Selbst für identisch. Zu meinem Selbstverständnis gehört zum Beispiel, daß ich mir nach dem Erfolg mit der Schülerbibliothek einredete, für das Wohl der Schule auch in Zukunft mitverantwortlich zu sein. Die Schule war in einer bestimmten Weise meine Schule geworden. Eine Institution, mit der ich mich eng verbunden fühlte. Das unterschied mich von Wilnius, der sich in unserer Schule nie zu Hause gefühlt hatte und von dem ich wußte, daß er auch zu jeder Zeit den Arbeitsplatz hätte wechseln können. Er plante aus den verschiedensten Gründen einen Wechsel, reichte einen entsprechenden Antrag bei der Behörde ein, um ihn dann doch wieder zurückzuziehen, bevor von höherer Stelle darüber entschieden wurde. Ich sah mich also nicht nur als einen Lehrer unter anderen, der glaubte, mit dem Unterrichten und dem Korrigieren sei alles getan, sondern spürte wie ein verantwortungsbewußter Bürger für das Gemeinwesen eine Art Gemeinsinn für unsere Schule, der mich verpflichtete, dazu beizutragen, daß das Ganze keinen Schaden litt. Es muß dieses Selbstverständnis, das mit meinem Rollenverständnis identisch war, gewesen sein, das mir den Impuls eingab, mich noch mit einem Beitrag an der Diskussion zu beteiligen. Kurz: Ich bildete mir ein, die Kollegen erwarteten von mir als von einem engagierten Lehrer, der sich durch seinen Einsatz bei vielen Gelegenheiten ein bestimmtes Image erworben hatte, ein klärendes Wort. Um ehrlich zu sein: Noch vor der Konferenz hatte ich mir für alle Fälle Notizen gemacht und einige Gedanken, die ich vor dem Kollegium äußern würde, vorformuliert.

Ich vergaß Herrn Seybolds Mutmaßung, ich verdrängte meine Furcht, mich politisch zu profilieren und damit mir, wie ich wohl wußte, nicht nur Meinungsgegner, sondern auch Feinde einzuhandeln, und sagte zu dem Fall Hanstedt: »Wir haben verschiedene Standpunkte kennengelernt. Vielleicht kann ich den Kollegen, die noch unschlüssig sind, mit meinen Gedanken eine Entscheidungshilfe geben. Ich habe den Vorteil, den Jungen niemals, weder früher noch heute, unterrichtet zu haben. Ich kenne Volker also nicht persönlich, nur die Fakten, die genannt wurden, von denen ich ausgehe und die von keinem bestritten werden. Das mag vielleicht nach Ansicht einiger von Ihnen ein Nachteil sein. In meinen

Augen ist es aber eher ein Vorteil, da ich mich unbefangen fühle. Ich spreche also zu Ihnen, ohne persönlich betroffen zu sein. Ich habe unter Volkers Verhalten nie zu leiden gehabt – wie etwa Frau Jensen, der wir von dieser Stelle aus gute Besserung wünschen ...«« Beifall. Kurzer, aber kräftiger Beifall. »Es liegt mir fern, Volker Hanstedts Verhalten zu verteufeln oder aus pädagogischer Naivität zu verharmlosen. Aber bei aller Betroffenheit, die ich bei Kollegen beobachtet habe – und die sich zu Recht beschwerten –, sollten wir uns auch in einer scheinbar verfahrenen Situation noch der Tatsache bewußt sein, daß wir Pädagogen sind. Und um es gleich vorweg zu nehmen: Ich bin nicht der Meinung, daß Volker an unserer Schule länger tragbar ist.« Beifall von der Mehrheit. »Aber entscheidend ist für mich, daß wir dem Jungen selbst mit Milde von unserer Seite keinen Gefallen tun. Und nun bitte ich Sie alle, sich einmal in die Lage dieses Siebzehnjährigen hineinzuversetzen und ihn nicht als Scheusal zu betrachten.« »Aber das ist er doch!«, kam es aus einer Ecke. »Richtig!«, riefen andere. »Nein«, sagte ich, »das ist er nicht. Und Sie werden gleich von mir hören, warum nicht. Übrigens: Ich habe Kollegen gehört, die in ihrer vielleicht verständlichen Wut Volker mit Ausdrücken wie ›Krimineller‹ oder ›Faschist‹ belegt haben. Das ist aus einer Erregung heraus geschehen.«

Jetzt riefen zwei ältere Damen, die dem Kreis um Kollegin Jensen nahestanden, die von allen am schlimmsten unter Hanstedt zu leiden gehabt hatte: »Ja wollen Sie denn das Verhalten dieses Schülers entschuldigen? Worauf wollen Sie denn hinaus?«

Plötzlich redete alles durcheinander. Ich war völlig ratlos und warf einen hilfesuchenden Blick auf Herrn Seybold, der neben mir saß. Aber auch er unterhielt sich völlig diszipliniert mit dem neben ihm sitzenden Kollegen. Frau Ballhorn rief mit fester Stimme in das Stimmengewirr hinein: »Mach doch mal einer ein Fenster auf, wir brauchen frische Luft!« Mir ging einiges durch den Kopf.

Hatte ich doch zu viel riskiert und mir unnötig Gegner geschaffen? Hätte ich mich nicht noch besser vorbereiten, meine Worte sorgfältiger prüfen sollen? Was mich am meisten empörte: Kollegen, die sich nie zu Wort gemeldet hatten, steckten jetzt die Köpfe zusammen, gestikulierten aufgeregt und redeten, als gäbe es mich gar nicht. Verzweifelt blickte ich auf meinen Zettel mit den vorformulierten Gedanken.

Herr Siglaff stellte die Ruhe wieder her, indem er eine Glocke, die immer neben ihm stand, schwenkte und auf deren Läuten alle zu hören gewohnt waren. »Ich bitte um Ruhe!«, sagte er energisch, aber in seinem bekannten jovialen Tonfall. »Lassen Sie doch Herrn Urweider seinen Gedanken zu Ende führen.« Inzwischen hatte jemand ein Fenster geöffnet. Aber ein anderer war kurz darauf aufgestanden und hatte es wieder geschlossen.

Allmählich beruhigte man sich; ich konnte fortfahren. Und um die Wogen zu glätten, sagte ich: »Für alle, die mich mißverstanden haben: Ich sagte gleich zu Beginn, daß ich gegen einen Verbleib des Schülers Hanstedt auf dieser Schule bin. Ich kann mich nur wiederholen. Es liegt mir auch fern, sein Verhalten zu entschuldigen. Im Gegenteil. Ich wollte nur einen Appell an uns als Pädagogen richten, die wir alle uns zu bemühen gelernt haben, das Verhalten eines Halbwüchsigen zu verstehen – mag es auch noch so hinterhältig und schäbig erscheinen. Volker Hanstedt ist, wenn Sie so wollen, von einer geistigen Krankheit befallen. Die Krankheit, von einer abstrusen Ideologie manipuliert zu sein, ist in unserer Welt weit verbreitet. Sie wissen genauso wie ich, daß es diese Krankheit immer schon gegeben hat. Können wir den Schüler einmal unter dem Aspekt eines kranken, irregeleiteten Menschen sehen?« »Ja!«, hörte man die Stimme von Frau Ballhorn. »Verstehen Sie, was ich meine?«, fuhr ich fort. Ich fühlte, wie ich Aufwind bekam. Ich spürte, wie mir alle plötzlich aufmerksam zuhörten.

»Ich möchte versuchen«, fuhr ich fort, »durch einige wenige gedankliche Anmerkungen vielleicht dazu beizutragen, unseren Fall

Hanstedt in ein objektivierenderes Licht zu rücken. Wir sollten nicht vergessen, daß eine revolutionäre Bewegung alles nutzt, was zur politischen Aktion tauglich ist. In echten Krisen ist es nicht schwer, wie wir alle aus unserer unheilvollen Geschichte wissen, die Massen zu erreichen. Wenn es keine echte Krise gibt, dann ist es schwer, die Masse der Bevölkerung für eine Bewegung flüssig zu machen.

Hanstedt gehört einer Gruppe an, die sich laufend in der eigenen Ideologie schult, aber keine Chance hat, aus ihr herauszukommen. Mit einer Demonstration von Sektierern und Flugblättern, die ungelesen zerflattern, kann heute kein Erfolg eintreten. Also versuchen sie es auf eine andere Weise. Neue revolutionäre Mittel sind von Studenten erfunden und an Schüler weitergegeben worden. Dabei scheut man nicht den Akt der Nötigung und des Hausfriedensbruchs. Studenten dringen heute in Vorlesungen ein und begehren, mit dem Professor zu diskutieren. Eine Art politisches Verhör findet statt. Man verlangt Auskunft, wie er früher politisch gedacht habe und wie er zu diesem oder jenem heute stehe.

Damit will ich sagen: Man sucht, wenn man schon nicht die Massen erreichen kann, ein neues Forum, um politisch zu wirken. Studenten sprechen, um den undemokratischen Vorgang zu verschleiern, von ›umfunktionieren‹. Ein Gottesdienst oder eine Vorlesung sind umfunktioniert worden. Von Diskussionen kann keine Rede sein. Denn mit Hunderten in einem Hörsaal kann man nicht diskutieren, genauso wenig wie es Hunderte von Schülern hier bei uns in der Aula könnten. Ich habe einer derartigen Aktion einmal zufällig beigewohnt. Studenten hielten am Ende ein Mikrophon in der Hand und schrien politische Parolen heraus, die von den Anwesenden mit Beifall oder Ablehnung bedacht wurden. Die politische Unkultur, um nicht zu sagen Barbarei, hatte ihren Höhepunkt erreicht. Ich ging angewidert, aber auch sehr nachdenklich und besorgt nach Hause. Solche Aktionen haben keinen allgemeinen Wert. Sie sollen nur Macht der politischen Gruppe demonstrieren. Ich sagte schon: Von den Studenten werden Schüler für ähnliche Aktionen geworben. Die Taktik der politischen Gruppe, zu der Hanstedt gehört, drängt dazu, das Gymnasium zur Bühne politischer Aktionen zu machen.

Ich bitte Sie, Volker Hanstedt in dem von mir skizzierten Rahmen zu sehen. Vielleicht gelingt es dann, das Fehlverhalten des Schülers weniger emotional zu beurteilen. Er ist selbst ein Opfer und in gewisser Hinsicht schon zu bedauern.

Aber ich will Ihnen mit aller Entschiedenheit sagen: Es liegt im Auftrag der Schule selbst, derartige Aktionen energisch abzuwehren, sie möglichst im Keim zu ersticken. Ein ideologisches Konzept, das sich anmaßt, die Welt zu verbessern, sie zu beglücken, indem es die bestehende radikal zu verändern versucht, ist zu allen Zeiten eine wirre Vorstellung gewesen.«

Ich hielt inne. Die Kollegen hatten mir gespannt zugehört. Ich fuhr fort: »Wie Sie alle wissen, wurden Wirrköpfe, die einem solchen Konzept anhingen, nicht selten zu fanatischen Gewalttätern.«

»Zu diesen wird auch Hanstedt bald gehören!«, rief ein Kollege jetzt in einem verhaltenen Ton dazwischen. Es klang fast bedauernd fatalistisch. Es war Dr. Reinhold, der ebenfalls mit dem Schüler unangenehme Erfahrungen gemacht hatte. »Dazu gehört er doch schon«, lachte jemand zynisch. Ich konnte nicht erkennen, welcher Kollege zu dieser Stimme gehörte. »Bei Gewalttätern dachte ich mehr an Brandstiftung und Morde«, ergänzte ich beherrscht und mit leicht ironischem Unterton. »Bis dahin ist es bei Hanstedt nur ein kleiner Schritt«, sagte dieselbe Stimme. Ich ging darauf nicht ein. Ich wollte schnell zu Ende kommen, deswegen sagte ich: »Ich bin mit meinen Gedanken sofort fertig. Was Volker Hanstedt jetzt braucht, ist ein neues Umfeld. Er wird an einer anderen Schule neue Lehrer und neue Mitschüler haben. In seinem eigenen Interesse sollte er an unserer Schule keinen Platz mehr finden. Er bekommt woanders eine neue Chance. Vielleicht – denn sicher kann man nie sein – wird das neue Umfeld dazu beitragen, ihn zu heilen. Denn vergessen wir nicht: Er ist selbst ein Opfer. Keiner von uns sollte ihn vorschnell moralisch verurteilen.

Ich denke nur, er wird einen Lernprozeß durchlaufen, an dessen Ende wieder ein Volker Hanstedt steht, der nicht mehr unter Realitätsverlust leidet, der seine augenblickliche Verwirrung aus der Distanz sieht und vielleicht einmal kopfschüttelnd darüber lächeln kann.« Ich setzte mich. Nicht wenige Kollegen klopften zum Zeichen ihrer Zustimmung mit den Fingern auf den Konferenztisch. Herr Seybold, der neben mir saß, legte eine Hand auf meine Schulter. »Gut gemacht«, flüsterte er mir zu. »Eine sehr gute Rede.« Er sagte das taktvoll und unauffällig, so daß keiner sein Lob mitbekam.

Es wurde abgestimmt. Die Mehrheit des Kollegiums entschied sich für ein Consilium abeundi.

Ich sah, wie die meisten meiner Kollegen, auch den politischen Akt in Volker Hanstedts Verhalten. Wer den nicht sieht, weil er die Hintergründe vergißt, vor denen er geschieht, der ist, wie ich meine, in politischen Dingen ein harmloser Mensch und ohne jedes Gespür für Macht.

4

»Reinhold hat uns mit seinem langweiligen Unterricht unterdrückt. Die Schüler haben ein Recht, gegen diese Unterdrückung zu rebellieren. Wir wollten ihn zwingen, mit uns zu diskutieren. Das ist alles.« Das war auch alles, was Hanstedt, zur Rede gestellt, antwortete, als er nach seinem Motiv gefragt wurde, Reinhold zu provozieren. »Wir wollen diskutieren«, hatte Hanstedt wiederholt während des Unterrichts gesagt.

Dr. Max Reinhold war ein Mann von ungefähr 55 Jahren. Er war mit dem Vorgänger Siglaffs befreundet gewesen und stand dem jetzigen Amtsinhaber mit äußerster Skepsis gegenüber. Während der größte Teil des Kollegiums das Gebaren des Chefs aus ironischer Distanz betrachtete, der eine oder andere Kollege sich eine abfällige Bemerkung erlaubte, dabei ein beifälliges Lächeln von einem anderen erwartete, machte Reinhold keinen Hehl aus seiner Verachtung. Er lächelte zwar auch über Siglaffs »Jugendtick«, wie er es nannte – aber eben nicht geheim und nicht hinter vorgehaltener Hand. Seine Äußerungen waren bissiger Natur und immer begleitet von einem vorwurfsvollen Unterton. Er soll gegenüber Kollegen geäußert haben, er habe sich das Amt auch selbst zugetraut und hätte es besser ausgefüllt als der jetzige »Herr« – so nannte er Siglaff immer –, der nach seiner Ansicht für diesen Posten ungeeignet sei.

Ich ging dem Kollegen, der Chemie unterrichtete und immer in einem weißen Kittel erschien, so gut ich es vermochte aus dem Wege. Es gelang jedoch nicht immer, und dann mußte ich stets sein stereotypes Jammern über alles, was sich an unserer Schule seit dem Weggang des früheren, legendären Schulleiters verändert hätte, anhören. »Sie sind noch nicht so lange bei uns, Urweider«, sagte er in einem altväterlich bestimmten Ton. »Sie können sich nicht vorstellen, wie angenehm es hier zuging. Damals ... als die Schule noch in Ordnung war.«

Er brachte mir eine gewisse Sympathie entgegen, weil er glaubte, in mir einen jungen Kollegen gefunden zu haben, der wie er ebenfalls einer konservativen Gesinnung anhing. »Sie hätten sich hier unter der Amtsführung des Herrn Dr. Schadendorf, meines Freundes im Ruhestand, sicher wohlgefühlt.«

Eine unverschämte Unterstellung. Ich protestierte sofort: »Ich bin nicht Ihrer Ansicht. Ich finde unsere Schule sehr angenehm, weil sie Althergebrachtes zu bewahren sucht und doch dem Neuen, Modernen gegenüber aufgeschlossen ist.« Das war ein Klischee, das sich jederzeit verwenden ließ und das ich seit meiner Referendarzeit nur allzu gern gebrauchte. »Außerdem fühle ich mich an dieser Schule in ihrem Zustand sehr wohl.« Er lächelte süffisant. Ich war verärgert und beschloß für mich, mit dem notorischen Miesmacher in Zukunft kein Wort mehr zu wechseln.

Reinhold war schlank und hochgewachsen. Bei Konferenzen saß er an einem runden Tisch etwas abseits von den übrigen Kollegen. Ich erinnere mich nicht, daß er sich je zu Wort gemeldet und in die Diskussion eingegriffen hätte. Ich habe ihn nie mit dem Chef ein Wort wechseln sehen. Aber für denjenigen, der in seine Ecke blickte, war er unübersehbar. Schon durch seinen weißen Kittel stach er hervor. Dann war es die hohe Statur, die ihn die anderen, die bei ihm saßen, überragen ließ. Tiefe, gerade Furchen durchzogen sein langes Gesicht, das sich über den Augenbrauen in einer nicht enden wollenden Stirnglatze fortsetzte. An den Seiten kräuselte sich von den Schläfen bis zum Hinterkopf ein graues Lockengeflecht, das an einen verblichenen Lorbeerkranz erinnerte. Bei vielen Schülern war er gefürchtet wegen seiner explosiven Art, die in Form von Schimpftiraden über die Schüler hereinbrach.

Zwischen Reinhold und Volker Hanstedt hatte es mehrere Zusammenstöße gegeben. Seitdem bestand Feindschaft zwischen ihnen.

Einmal jedoch verlor Reinhold im Chemiekurs, den Hanstedt zusammen mit einer Lerngruppe besuchte, die Kontrolle über seine Worte.

Hanstedt war bei seinen phantasievoll ausgebrüteten Plänen, die bestehende Ordnung zu stören, wenn nicht gar zu zerstören, auf den Gedanken verfallen, seine Mitschüler, wahrscheinlich unter Drohungen, darauf einzuschwören, sich während des Unterrichts völlig passiv zu verhalten. Eine Zermürbungsstrategie, die er schon bei anderen Kollegen in immer neuen Varianten erfolgreich angewandt hatte. Es war sein fester Glaube, auf diese Weise das Bestehende zum Einsturz zu bringen. Seiner perfiden Energie gelang es, einen größeren Teil der Mitschüler dazu zu bringen, während der gesamten Unterrichtszeit mit weit aufgerissenen Augen und ohne sich zu bewegen auf die Stirnglatze des Herrn Reinhold zu starren. Die Verwirklichung seines Planes wurde Hanstedt dadurch erleichtert, daß Reinhold bei fast allen Schülern unbeliebt war. Die Gruppe bestand sicher nicht aus einem Block eingefleischter Verschwörer, und so hatte Hanstedt wohl wenig Mühe gehabt, auch die wenigen Unwilligen, Harmlosen, Sanftmütigen so weit einzuschüchtern, daß sie nicht wagten, sich ihm zu widersetzen. Es gab den einen oder anderen Schüler, der sich für Chemie interessierte und in diesem Fach auch etwas leisten wollte. Es muß für den armen Reinhold, der zum Cholerischen neigte und auf Reputation bedacht war, eine Tortur gewesen sein, sich einer Zahl von stummen, unbeweglichen Gestalten gegenüberzusehen.

In einem bestimmten Augenblick muß er dann in das grinsende Gesicht von Hanstedt geblickt haben, der zwischen den anderen einen Mittelplatz eingenommen hatte. Besser: Das Gesicht schien nur für Reinhold zu grinsen, so wie man es unter einer Maske, aber unsichtbar für andere, manchmal vermuten kann. In Wirklichkeit verzog der Schüler wohl keine Miene und blickte unbeteiligt und gelangweilt auf den Lehrer, so als schaue er durch diesen hindurch.

Reinhold mußte in diesem Augenblick auch in ihm den Initiator dieser Aktion erkannt haben. Er spürte, wie der Zorn in ihm hochkam. Und je stärker dieser sich steigerte, um so schwerer fiel ihm das Atmen. In seiner Erregung mußte ihm das vermeintliche Grinsen des Schülers besonders eindringlich erschienen sein. Hanstedt, eiskalt und unverfroren, ließ sich durch die drohende Explosion nicht beirren. Und im sicheren Gefühl eines Siegers, der sich auf seine Mitverschworenen verlassen kann, verzog er weiterhin keine Miene. Er blickte wie abwesend von seinem Platz zu dem Lehrer auf und weiterhin durch diesen hindurch. Reinhold war über das, was man mit ihm anzustellen wagte, zunächst fassungslos. Dann verlor er die Kontrolle über sich, sein Tun und seine Worte. Er war besonders leicht aus der Fassung zu bringen, wenn er es mit einem

Menschen zu tun hatte, der unhöflich war oder ihm gar unverschämt entgegentrat.

»Hanstedt, Sie verlassen sofort den Raum!«, schrie er. Sein Schrei soll noch in der letzten Klasse auf dem Flur zu hören gewesen sein. Als Hanstedt nicht reagierte und seine provozierende Haltung beibehielt, soll sich Reinhold nach den späteren Aussagen eines Mitschülers auf ihn gestürzt haben. Es habe zunächst so ausgesehen, als wolle er ihn am Arm packen. Aber so weit sei es nicht gekommen. Bevor der Lehrer den Schüler erreicht habe, sei Hanstedt von seinem Platz aufgestanden und habe dem Lehrer gelassen die Arme entgegengestreckt, darauf diesem die Innenseite seiner Handflächen entgegengehalten, so als wollte er damit ausdrücken: Kommen Sie mir nicht zu nahe, sonst passiert etwas.

Reinhold habe in seiner rasenden Bewegung innegehalten, voller Verachtung gesagt: »Sie sind mir viel zu dreckig, um mich an Ihnen zu vergreifen.« Dann habe er sich an die anderen Schüler gewandt und bebend vor Zorn gesagt: »In diesem Scheusal hier haben Sie den besten Anschauungsunterricht. So müssen Sie sich einen Faschisten, einen Nazi im Dritten Reich vorstellen. Dieser junge Mann hätte sich zum SS-Henker in einem KZ vortrefflich geeignet.«

Das war zu viel. Er hätte so etwas nicht sagen dürfen. Bevor Reinhold aus dem Chemieraum gestürmt sei, soll er noch außer sich vor Wut gerufen haben: »Ich werde mir schon mein Recht verschaffen, auch wenn mich der Schulleiter wieder einmal im Stich lassen sollte.«

Szenenwechsel. Siglaff im Gespräch mit Kollegen im Lehrerzimmer. Siglaff: »So habe ich ihn noch nie erlebt. Er schäumte vor Wut. Ich hatte die größte Mühe, ihn einigermaßen zu beruhigen. Ich habe ihm geraten, heute zu Hause zu bleiben.

Na gut, die Schüler haben sich einen Scherz erlaubt, wollten provozieren. Das geschieht doch immer mal. Warum muß der Kollege so ausrasten? Wir wissen, wie schwierig Hanstedt geworden ist.

Aber dieser unmögliche Vergleich. Eltern haben schon angerufen. Ich weiß nicht, wie wir das wieder hinbiegen sollen. So wie ich Reinhold kenne, wird er nichts zurücknehmen, schon gar nicht sich entschuldigen.« »Bei Volker Hanstedt?«, fragte ein Kollege. »Das wird er nie tun, ich weiß. Ich hoffe nur, daß die Eltern sich beruhigen.« »Reinhold ist auch übel mitgespielt worden«, warf einer ein. »Finden Sie?«, antwortete Siglaff. »Zugegeben: Ein übler Scherz war es schon, der an die Nerven geht. Aber ich bitte Sie, hätte man nicht gelassener reagieren können? Das muß man doch von einem Lehrer, erst recht von einem erfahrenen Pädagogen wie Reinhold erwarten können. Derartigen Scherzen sind wir Lehrer doch alle hin und wieder ausgesetzt. Man muß bei Schülern auf einen Scherz eingehen, dann nimmt man ihnen den Wind aus den Segeln. In meiner Referendarzeit hatten sich einmal Schüler verabredet, eine längere Zeit nur auf meine Krawatte zu starren. Ich merkte sehr bald, was los war. Wie reagierte ich? Ich sagte: ›Ich sehe, ihr mögt meine neue Krawatte so gern. Sie ist auch einmalig schön. Ich habe sie vor kurzem zum Geburtstag bekommen.‹ Alle kicherten. Dann war Schluß.«

Entweder hatten die meisten Eltern zu dieser Zeit schon von Hanstedts brutalen Aktionen gehört, oder sie hatten keine Lust, den schlimmen Vergleich, den Reinhold benutzt hatte, zu ihrem Thema zu machen. Es ist auch möglich, daß mancher deshalb weiter keinen Anstoß nahm, weil der Vergleich sich auf Hanstedt allein bezog und nicht ihre eigenen Kinder betraf. Außerdem war bekannt, daß Reinhold in der NS-Zeit zu den Verfolgten gehört hatte. Der Vorfall hatte keine Nachwirkungen und Siglaff konnte aufatmen.

Szenenwechsel. Zwei Tage nach der Chemiestunde. Eine Mietwohnung am Rande der Stadt. Ein Uhr nachts. Die Stille des kleinen Schlafzimmers zerriß der schrille Laut eines Telefonanrufs.

»Stell die Glocke leiser«, sagte Reinhold zu seiner Frau. »Aber nimm nicht ab.« Die Frau gehorchte.

»Wieso bist du wach?«, fragte sie. »Ich kann nicht schlafen, das weißt du doch.« »Dann nimm ein Mittel. Du mußt mal richtig schlafen.«

Das Telefon gab keine Ruhe. Schließlich sagte Frau Reinhold: »Max, wir müssen abnehmen. Deine Mutter ist doch im Heim. Es kann mal etwas Ernstes sein.«

Ihr Mann antwortete nicht. Es schrillte weiter. »Ich nehme ab. Man weiß nie, wie es Mutter geht. Ihr Zustand kann sich verschlechtert haben.«

Max Reinhold antwortete immer noch nicht.

Sie nahm ab, lauschte und legte ohne ein Wort zu sagen wieder auf.

»Na, wer war es?«, wollte er wissen.

Sie sagte nichts. »Wer? So red doch!« »Es war niemand.« »Niemand?« »Keiner, der seinen Namen nannte.« »Also nur eine Stimme?« »Ja.« »Und was sagte die?« Sie zögerte noch. »Bitte, Liebe, was hat die Stimme gesagt?« »Versprich mir, daß du dich nicht aufregst.« »Nein, nein, ich verspreche es dir. Also: was hast du gehört?« »Es war eine Männerstimme. Sie sagte: Herr Reinhold, an Ihrer Stelle würde ich morgen nicht zur Schule gehen. Sie könnten es bereuen.«

Dr. Reinhold ging zur Schule. Er meldete den anonymen Anruf seinem Schulleiter. Herr Siglaff informierte die Polizei. Die Anrufe wiederholten sich. Sie mußten aus verschiedenen öffentlichen Telefonzellen kommen, die sich zudem noch in verschiedenen Stadtteilen befanden. Eine Fangschaltung brachte keinen Erfolg.

Dass die Anrufe im Zusammenhang standen mit den Aktivitäten Hanstedts, konnte vermutet, aber nie bewiesen werden. Siglaff kam Reinhold so weit entgegen, daß er ihn aus dem Kurs mit Hanstedt herausnahm. Dr. Reinhold mußte einige Zeit später mit Herzbeschwerden in ein Krankenhaus eingeliefert werden. Was wenige im Kollegium wußten: Der Kollege hatte schon vor dem Auftreten Hanstedts mit Herzrhythmusstörungen zu tun gehabt.

Den Drohungen am Telefon folgte keine Tat. Sie erwiesen sich als das, als was sie von Anfang an geplant waren: als reiner Telefonterror.

5

Es waren zwei Steine, normale Ziegelsteine. Der zweite wurde erst gefunden, als das Aufräumen schon begonnen hatte. Er fand sich versteckt unter einem Seitentisch, der mit Büchern bedeckt war. Der erste lag unübersehbar auf dem Schreibtisch neben dem Telefon, das er beschädigt hatte.

Der Reinemachefrau, die frühmorgens mit dem Rad zur Schule gekommen war, fielen als erstes die völlig zertrümmerten Scheiben des Schulleiterzimmers auf, das sich am Ende des unteren Flures befand. Sie habe sich, wie sie sagte, gewundert und zunächst an die Folgen eines Unwetters gedacht. Aber dann sei ihr eingefallen, daß es in der vergangenen Nacht ja gar keinen Sturm gegeben habe. Kurz darauf habe sie das Schulgebäude betreten und im Beisein des Hausmeisters das Zimmer des Herrn Direktors aufgeschlossen, so wie sie es jeden Morgen tat, um mit der Arbeit zu beginnen. Sie sei erschrocken gewesen über den Anblick, der sich ihr geboten habe. Alles, der Teppich und besonders der Schreibtisch des Herrn Direktors seien von Glassplittern übersät gewesen. Nein, sie habe keinen verdächtigen Menschen außerhalb des Gebäudes bemerken können.

Es waren nicht nur die zerbrochenen Scheiben. Karl Siglaff spürte, daß in ihm etwas zerbrochen war. Brutalität erschütterte ihn. Er wußte, daß es sie gab, aber er hatte immer versucht, ihr mit Jovialität zu begegnen, so zu tun, als gäbe es sie nicht wirklich. Wenigstens nicht an seiner Schule und unter denen, die zu dieser Schule gehörten.

Er hatte es nicht verdient. So dachten viele. Man vermutete zu Recht, daß die Steinwurfaktion mit dem Rausschmiß von Hanstedt im Zusammenhang stand. Dann machte der Hausmeister auch noch an der Außenfassade unter den zertrümmerten Scheiben eine Schmiererei ausfindig: »Siglaff raus« war dort mit großen Lettern in roter Farbe zu lesen.

Kein Zweifel, Hanstedt mußte Sympathisanten haben. Kamen sie aus der Schülerschaft? Die Täter blieben unerkannt. Karl Siglaff litt; man sah es ihm an. Er hatte sich immer um die Zuneigung der Schüler bemüht, fast um ihre Gunst gebuhlt. Und als er glaubte, bei allen beliebt zu sein, hatte er sich in ihrer Zuneigung gesonnt. Jetzt entging ihm nicht, daß manche Schüler, als sie von den Aktionen erfuhren, grinsten. Aber schließlich war es eine Sensation, die viele erfreute, weil sie den schulischen Alltag erträglicher machte. Eine normale Sache. So dachten Robert Wilnius und ich.

»Herr Urweider«, sprach mich Siglaff an, »die Schüler denken, ich allein hätte das Consilium abeundi für Hanstedt veranlaßt. Meinen Sie nicht?« Ich versuchte, ihn so gut ich es vermochte zu beruhigen. Ich sagte, kein vernünftiger Schüler könne das annehmen. Alle wüßten, daß an unserer Schule demokratisch entschieden würde. Siglaff schien von meinen Worten nicht überzeugt. »Merkwürdig«, sagte er mit gedämpfter Stimme, »Sie wissen, wie ich immer offen über alles mit den Schülern gesprochen habe. Bei schwierigen Entscheidungen habe ich argumentativ zu ihnen geredet, habe sie gebeten, meine Rolle als Schulleiter zu bedenken, und nie aufgehört, an ihre Einsicht zu appellieren.«

Ich gab ihm recht, freute mich, daß er so vertraulich zu mir sprach.

»Und nun habe ich einmal versagt. Statt nur das Kollegium entscheiden zu lassen und in der Gewißheit, bei einem zu erwartenden Votum gegen Hanstedt die Behörde und die Eltern auf unserer Seite zu wissen, hätte ich vorher zu den Schülern über das Fehlverhalten ihres Mitschülers sprechen sollen.« »Aber das haben Sie doch getan, so viel ich weiß.« »Nein«, widersprach er mir, »das habe ich eben nicht getan. Nach dem letzten gescheiterten Versuch, Hanstedt von seinem Irrweg zu überzeugen, war ich so enttäuscht – es war das erste Mal, daß ich mit einem Schüler einen derartigen Mißerfolg erlebt hatte –, daß ich nur die beiden Schulsprecher über die möglichen Konsequenzen, die Hanstedts Verhalten nach sich ziehen könnte, informiert habe. Und das war zu wenig. Ein Leisetreten ist die Schülerschaft von mir nicht gewohnt.«

Er machte ein bekümmertes Gesicht. Es war deutlich: Seine seit Jahren zur Schau getragene strahlende Selbstsicherheit hatte einen Bruch erfahren. Er befand sich in einer Autoritätskrise. Es war das zweite Mal, daß mir Herr Siglaff leidtat. Ich wollte irgend etwas sagen, aber ich fand keine Worte, die mir angemessen genug erschienen, um ihn ein wenig aufzurichten.

Dann wollte ich ihm sagen, daß er doch alles, was in seiner Macht gestanden hätte, in dieser Affäre getan habe. Ich wollte ihn trösten. Heute, im Rückblick, fällt mir ein, daß ich mir damals zugleich bewußt war, eine Chance zu haben, mein Verhältnis zu ihm, das bisher immer von freundlicher Distanz geprägt war, zu einem echten Vertrauensverhältnis auszuweiten. Konnte er mir nicht einmal später vielleicht sehr nützlich sein? Ich erinnere mich heute, daß ich mich damals mit dem Gedanken trug, mich an einer anderen Schule für das Amt des Schulleiters zu bewerben. Mein Ehrgeiz stand damals im Zenit, und ich hatte von dem Plan der Behörde gehört, mehrere neue Gymnasien im Stadtgebiet zu gründen, da die alten bestehenden Schulen den Schülerstrom, der auf eine weiterführende Schule drängte, die zum Abitur führte, nicht mehr aufzunehmen vermochten. Die Konjunktur war günstig, und es war zu erwarten, daß in absehbarer Zeit Stellen für ein derartiges Amt ausgeschrieben würden. Die Vorstellung, einmal selbst eine Schule zu leiten, erschien mir als die Krönung meiner Laufbahn. Ich wußte von Siglaff, daß er einen guten Draht zur Behörde hatte. Mein ehrgeiziger Gedanke war: Wenn es mir gelänge, das gute Verhältnis zu ihm, das auf Vertrauen gründete, durch die Chance eines sehr persönlichen Gesprächs, das ich immer gesucht hatte und das sich mir an diesem Tage bot, in ein freundschaftliches zu steigern, dann würde er sich vielleicht zu meinem Fürsprecher machen lassen. Um es vorwegzunehmen: Auf Anraten meiner Frau habe ich später den Wunsch, Schulleiter zu werden, begraben. Heute weiß ich, daß mir viel erspart geblieben ist. Aber bevor es mir damals gelang, die richtigen Worte und vor allem den richtigen Ton zu finden – denn in einem solchen Falle durfte mein Vorgesetzter keinen falschen Zungenschlag heraushören –, war seine zur Schau getragene Besorgnis schon wieder verflogen.

Die bekümmerte Miene verschwand plötzlich aus seinen Zügen. Ein klarer Blick richtete sich auf mein Gesicht. Er sagte: »Es muß weitergehen für mich, Urweider. Nur mit den beiden Vertretern und nicht mit der ganzen Schülerschaft diskutiert zu haben, war ein großer Fehler von mir. Ein Versäumnis, das nicht wiedergutzumachen ist. Aber ich werde nicht aufgeben und versuchen, mir langsam das Vertrauen meiner Schüler zurückzugewinnen.«

Dankbarkeit erfüllte mich, daß er so offen zu mir sprach. Auch Stolz empfand ich. Es war doch klar, daß er mich schon seit langem für wert befunden hatte, in sein Vertrauen gezogen zu werden. Ich dachte wieder an seinen guten Draht zur Behörde. Ich hörte ihn in Gedanken sagen: »Urweider? Diesen Kollegen können Sie in die engere Wahl ziehen. Eine bewährte Kraft, ich halte ihn für geeignet.«

Nach diesem Gespräch sah ich mich schon am Ziel meiner Wünsche. Aber ich muß noch eine Ergänzung anbringen, die mir gerade einfällt und die Siglaffs Vertrauen in meine Person noch besonders unterstrich.

Nach den zuletzt von ihm gesprochenen Worten kam er ganz nahe an mich heran, so nahe, daß ich seinen Atem zu spüren meinte. Es war mir fast peinlich zumute. Ein Empfinden, das wir immer haben, wenn uns jemand etwas Intimes offenbaren will. Er sagte: »Ich habe lange über mein Verhalten nachgedacht. Wissen Sie, was ich festgestellt habe?« Ich schüttelte leicht verlegen den Kopf. Er zögerte kurz, auf seine eigene Frage zu antworten. Doch dann kam es völlig überraschend. Er gab eine Antwort, auf die ich kein einziges Wort mehr erwidern konnte.

»Ich war feige«, gestand er mir. Ich mußte wohl ein verblüfftes Gesicht gemacht haben, denn er meinte gleich darauf: »Das von mir zu hören, überrascht Sie, nicht wahr?« Ich konnte nichts sagen. »Ja, ich war einfach feige«, wiederholte er. »Ich ahnte, daß Volker schon innerhalb der Schülerschaft viele seiner Mitschüler so weit für sich eingenommen hatte, daß sie sich mit ihm solidarisieren würden. Davor hatte ich Angst. Wir haben – und das ist auch meine Schuld – den Jungen zu lange gewähren lassen. Er hat unser aller Wohlwollen und vor allem wohl meine Geduld schamlos für seine Zwecke ausgenutzt. Er hat meine Nachsicht, meine Toleranz in kaltem Kalkül bei seinem Vorgehen mit eingeplant. Ich war eine feste Größe in seinem Konzept. Wissen Sie, das ist eine völlig neue Erfahrung für mich. Natürlich ist er von anderen Kräften für sein Vorgehen strategisch geschult worden. Sie, Urweider, haben das in Ihrer kleinen Ansprache vor dem Kollegium ja angedeutet. Das hatte ich auch unterschätzt, so lange – bis es zu spät war. Außerdem fürchtete ich, eine schon starke Gruppe von Schülern, die sich verdeckt hielt, aber die sich schon seit langem um Hanstedt geschart hatte, würde mir bei einer Aussprache mit Hohn begegnen. Die eingeschüchterte Mehrheit der harmlosen und gutwilligen Schüler hätte geschwiegen. Die Situation war verfahren. Aber ich hätte mich ihr trotzdem stellen sollen. Dem Bösen – in diesem Falle in Form von Hinterhalt und Intrige – stehen wir, Urweider, noch immer zu naiv gegenüber. Wir sind zu gutgläubig, weil wir uns selbst zum Maßstab nehmen, und wachen zu spät auf.«

Plötzlich wandte er sich zum Gehen. »Na, ich habe Sie jetzt schon lange genug aufgehalten. Sie wollen nach Hause. Aber denken Sie mal über meine Worte nach.« Dann drehte er sich noch einmal kurz zu mir um. »Ich meine, ob ich nicht recht habe. Bis morgen.«

Auf dem Heimweg dachte ich nicht über seine Worte nach. Er hatte mir nichts Neues gesagt. Aber ich war glücklich und stolz, daß sich mir der Mann, der mir auf meinem Weg nach oben vielleicht noch einmal nützlich sein konnte, in einer so persönlichen Weise offenbart hatte. So hatten wir noch nie miteinander gesprochen. Nur einen Satz wiederholte ich in meinem Kopf: »Ich war feige.« Mir war nicht ganz wohl bei dem Gedanken, daß er dieses Einge-ständnis mir gegenüber bereuen könnte. Ich wollte alles tun, um mir sein Wohlwollen zu sichern. In meiner Naivität betrat ich am nächsten Morgen mit dem Gefühl das Lehrerzimmer, ein Privileg genossen zu haben. Ich sah mich schon zu Häupten eines langen großen Tisches sitzen und eine Konferenz leiten.

Ich sollte mich jedoch täuschen. Was die Vertrautheit anging, die mir Herr Siglaff entgegengebracht hatte, so blieb es bei diesem ei-nen Mal. Eine Gelegenheit ergab sich nicht, um an das Gespräch anzuknüpfen. Ich suchte sie auch nicht. Oft bildete ich mir ein, es sei ihm peinlich, so intim, so persönlich mit mir gesprochen zu haben, zumal kein freundschaftliches Verhältnis zwischen uns bestand.

Einige Tage nach diesem Gespräch – es waren jetzt etwa zwei Wo-chen nach dem Steinwurf vergangen – erkrankte Siglaff und mußte sich einige Wochen vertreten lassen. Aber auch nach seinem Wie-dererscheinen schien er im Vergleich zu seinem früheren Auftreten wie verwandelt. Die Autoritätskrise, in der er sich befand, schien zu einer Dauerkrise geworden zu sein. Denjenigen, die ihn schon seit Jahren kannten, wurde allzu deutlich, wie sehr seine Selbstsicherheit gelitten, ja fast verschwunden war. Sie war zu aufgesetzt, nur zu äußerlich gewesen, um sich bei der ersten Probe nicht als das zu zeigen, was sie immer gewesen war: eine Maskierung der eigenen Unsicherheit.

Sah man ihn früher in leutselig scherzhaften Gesprächen mit den Schülern und wie er dem einen oder anderen, die ihn umstanden, auf die Schulter klopfte oder fast kumpelhaft die geballte Faust vor die Brust setzte, so schien er ihnen jetzt fast verlegen aus dem Wege gehen zu wollen. Karl Siglaff war, wenn auch kein gebrochener, so doch ein angeschlagener Mann.

Einige Blütenträume konnten nicht reifen, weil ich sie einfach vergaß, besser: vergessen mußte. Zu ihnen gehörte sehr schnell der Traum vom Posten eines Schulleiters. In meiner Frau, die als Grundschullehrerin arbeitet, habe ich eine weitsichtige, kluge Ratgeberin. Ich habe oft von Frauen gehört, die den Ehrgeiz ihres Mannes noch anstacheln, um sich von der Höhe seiner Stellung her selbst definieren zu können. Meiner guten Beate lag das fern. Sie war stets um mein gesundheitliches Wohl besorgt.

In unserem Bekanntenkreis hatten wir aus unmittelbarer Nähe mit ansehen müssen, wie ein Kollege von mir, von Streß und Ärger zermürbt, auf der Straße einem Herzinfarkt erlag. Das Tragische war, daß dieser Mann sich um das Amt eines Schulleiters beworben hatte, aber von dem Kollegium der Schule, bei dem er sich vorstellen und vor dem er sich in einem Frage- und Antwortspiel bewähren mußte, abgelehnt worden war. Die Enttäuschung konnte er nicht verwinden.

Dieses Schicksal vor Augen, sagte Beate: »Schulleiter! Du bist dir nicht über die Folgen eines solchen Jobs im klaren. Sei froh, wenn du Koordinator wirst. Das wünsche ich dir. Nicht nur, weil du ehrgeizig bist – und Ehrgeiz muß auf irgendeine Weise auch befriedigt werden –, sondern weil dir die Aufgabe zusagt, die damit verbunden ist. Außerdem hast du ein gutes Verhältnis zu den meisten deiner Kollegen, bist beliebt und angesehen. Ich weiß von meiner Schule, welchem Streß unser Rektor täglich ausgesetzt ist, an wie vielen Fronten er zugleich zu kämpfen hat. Ich möchte nicht, daß du dich dem aussetzt. Schließlich will ich dich noch ein wenig behalten.«

Aber es bedurfte eigentlich schon nicht mehr dieser Mahnung meiner lieben klugen Frau. Ich hatte mit dem Gedanken, eine Schule zu leiten, schon seit langem abgeschlossen und konzentrierte mich auf dieses von meiner Beate befürwortete Ziel, ein Koordinator zu werden. Dankbarkeit erfüllte mich, als ich es erreicht hatte. Ich war noch sehr jung, Ende dreißig, und fand mich damit ab, daß meine Karriere nun keine Steigerung mehr erfahren würde. Mit der Ernennung zum Koordinator und Studiendirektor änderte sich meine Einstellung gegenüber unserer Schule.

Im Bewußtsein, jetzt zur Führungsschicht der Schule zu gehören, war ein inneres Erlebnis verbunden, das ich schon früher kennengelernt hatte und welches jetzt eine Steigerung erfuhr: Ich empfand, ohne es mir eingeredet zu haben, ein ständig wachsendes Verantwortungsgefühl für unser Gymnasium. Wie gesagt, kannte ich dieses Gefühl seit langem, aber keineswegs in der Intensität, mit der ich es jetzt erfuhr. Ich ertappte mich zum Beispiel dabei, daß ich mir heimlich sagte: Das ist meine Schule. So wie mancher nach der Heirat einer langjährigen Freundin plötzlich ein ihm bisher unbekanntes Gefühl entdeckt und zu sich still und voller Stolz sagt: Das ist meine Frau. Eine Art Besitzerstolz erfaßte mich. Und indem ich die Schule verteidigte, verteidigte ich auch mich. Ich identifizierte mich mit ihr jetzt auf eine ganz andere Weise, als ich es Jahre zuvor getan hatte.

Wenn ein Schulfest stattfand, blieb ich, um Aufsicht zu übernehmen, ungebeten länger als die anderen Kollegen, die nur so viel Zeit zu opfern bereit waren wie nötig, um nicht unangenehm aufzufallen.

Meine Schule! Sie gehörte jetzt zu mir – wie das kleine Haus, das meine Frau und ich uns mühsam mit Hilfe eines Bausparvertrags angeschafft hatten.

6

Ich saß bei Korrekturen in einem Nebenraum des Lehrerzimmers, als mich ein Gespräch zwischen zwei Kollegen störte, das im Hauptraum stattfand, aber nicht so weit von mir entfernt, als daß ich nicht alles, was gesprochen wurde, mit anhören konnte. Ich war am Abend zuvor erst von einer Klassenreise zurückgekehrt und war ein wenig verärgert, denn ich wollte eine Freistunde zum Korrigieren einer Hausarbeit nutzen. Die beiden Kollegen wähnten sich allein, und ihre Stimmen waren so laut, daß ich Mühe hatte, mich auf die vor mir liegenden Arbeiten zu konzentrieren. Aber der Ärger wich plötzlich einer Neugier, als der Name Wilnius fiel. Nach den Stimmen der Kollegen zu schließen, einer männlichen und einer weiblichen, mußte es sich um Frau Ballhorn und Herrn Seybold handeln.

Ich unterbrach meine Arbeit, verhielt mich still und lauschte. Ich muß betonen, daß dies nicht meine sonstige Art ist. Aber in diesem Falle überwog die Neugier, und so gab ich dem von schlechtem Gewissen begleiteten Impuls nach, heimlich einem Gespräch zuzuhören, das nicht für meine Ohren bestimmt war.

»So habe ich unseren Herrn Wilnius noch nie erlebt«, hörte ich Frau Ballhorn sagen. »Dieser ruhige, in sich gekehrte Mensch. Er war außer sich.« Sie räusperte sich. »Es war mir peinlich, ihm zuhören zu müssen. Ich glaube, es ging allen so.« Sie sagte die Worte in einem mehr bedauernden Ton. »Ich war nicht anwesend«, sagte jetzt Seybold. »Was war denn los?« Aber die für ihre Umständlichkeit bekannte Frau kam noch nicht zur Sache. »Wissen Sie, ich mochte den Kollegen Wilnius immer sehr gern. Das heißt: Ich mag ihn natürlich auch jetzt noch, nachdem das gestern passiert ist. Er ist freundlich gegen jedermann, ein liebenswürdiger Mensch.« »Ja, das ist er«, pflichtete ihr die Frohnatur Seybold bei. »Mir ist er zu still. Ich habe immer das Gefühl, er kapselt sich von allen ab.« »Er ist eben ein Einzelgänger. Ich kenne diesen Typ. Mein Bruder war genauso.« »Ja, es gibt solche Menschen. Aber ich werde nicht schlau aus ihm. Manchmal habe ich das Gefühl, er beobachtet uns nur alle. Wir kommen übrigens gut miteinander aus.« »Na«, unterbrach Frau Ballhorn, »mit Ihnen muß doch jeder auskommen. Wer das nicht schafft, hat selbst Schuld.« »Das ist nett gesagt, liebe Kollegin. Wilnius und ich sprechen auch gelegentlich miteinander. Aber haben Sie je bemerkt, daß er sich an einer Diskussion beteiligt hat?« »Ich kann mich nicht erinnern. Vielleicht ist er zu scheu.« »Ich habe eher das Gefühl ...« Seybold zögerte. »Na, ich will meine Vermutung lieber nicht aussprechen. Vielleicht tue ich ihm Unrecht.« »Nun sagen Sie schon«, drängte Frau Ballhorn. »Ich habe das Gefühl – aber wirklich: es ist nur ein Gefühl –, daß er hochmütig ist.« »Hochmütig?« »Ja, weil ihn das langweilt, milde ausgedrückt, was wir, Sie und ich und die anderen Kollegen, immer für einen Unsinn reden. Das Gequatsche ödet den jungen Mann an. Darum bleibt er stumm.« »Aber wir reden doch nicht immer nur Unsinn«, widersprach sie mit gespielt gekränktem Ton. »Denken Sie nur an die Lehrerkonferenz, in der wir über Volkers Schicksal entschieden.« Seybold lachte. »Sie, liebe Kollegin, sind selbstverständlich ausgenommen. Übrigens: Volkers Schicksal! Das ist mir nun doch zu pathetisch.« Einen Augenblick schwiegen beide. Dann sagte Frau Ballhorn: »Ich kann mich nicht beklagen. Ich kenne Herrn Wilnius, solange er an unserer Schule ist, als einen freundlichen, höflichen Menschen.«

Was ich bisher gehört hatte, war nicht aufregend gewesen. Ich wollte mich schon wieder meinen Heften zuwenden, als ich Seybold sagen hörte: »Aber was haben Sie denn nun Schreckliches mit ihrem höflichen netten Herrn Wilnius erlebt?« »Oh ja!«, rief sie sofort und ungeduldig. »Das muß ich noch loswerden. Sie können mir dann vielleicht sagen, wie das zu dem Bild dieses jungen Mannes paßt.« »Ich werde es versuchen.« »Eine Reihe von Kollegen hielt sich vorgestern – es war schon gegen Mittag – hier auf, als Herr Wilnius plötzlich hereinstürzte. Er schien außer sich vor Wut. Ich hätte nie geglaubt, daß er, der Stille, in eine derartige Verfassung geraten könnte. Von Brandt und Reinhold wissen wir ja, wie zornig und unbeherrscht sie sich geben können. Aber Wilnius! Er hatte den Ausdruck eines Amokläufers im Gesicht.« »Wie sieht denn so ein Ausdruck aus? Ich bin noch nie einem Amokläufer begegnet.« »Na, ich natürlich auch nicht, Gott sei Dank. Aber man hat doch davon gehört. Es ist ein Mensch, der nur noch Rot sieht, begierig, sich und andere zu zerstören.« »Sie machen mich neugierig. Hatte er eine Waffe bei sich?« »Lieber Herr Seybold, ich finde das nicht so komisch. Es bedrückt mich eher. Denn mir tat der Kollege leid. Er wirkte so traurig und verzweifelt zugleich. Aber hören Sie doch erst einmal, was kommt.« Sie schwieg.

Ich verhielt mich still in meinem Versteck, hielt weiter den Atem an. Ich spürte, wie meine Ohren immer länger wurden. Hoffentlich würde mein Stuhl nicht knarren. Frau Ballhorn hatte ich schon häufig mit Seybold in einem Gespräch gesehen. Sie vertrauten einander. Aber im Kollegium wußte man natürlich auch, daß Wilnius und ich seit unserer Studentenzeit befreundet waren. Und ob ich noch so viel erfahren würde, wenn mich die beiden im Nebenraum wahrgenommen hätten? Jetzt fürchtete ich fast, entdeckt zu werden. Es wäre mir peinlich gewesen, denn beide Kollegen hätten mich, da ich mich so auffallend still verhielt, als heimlichen Lauscher verdächtigen können. Aber ich konnte ja nichts dafür, daß ich hier saß. Wäre es ein Gebot der Höflichkeit, der Pflicht gewesen, mich durch

Räuspern bemerkbar zu machen? Aber hatte die Ballhorn nicht eben gesagt, daß bei Wilnius' Auftreten viele Kollegen anwesend waren? Vielleicht war das der eigentliche Grund eines Skandals, den die Kollegin angedeutet hatte.

Ich kam nicht mehr dazu, meine Gedanken zu ordnen, die mir in Windeseile durch den Kopf gingen, denn Frau Ballhorn fuhr fort: »Er schien keinen von uns zu sehen. Er fuchtelte mit den Armen und schrie nur. Wir verstanden zunächst kein Wort. Dann waren auch die letzten im Raum still und sahen überrascht zu, wie sich Wilnius gebärdete.« »Was schrie er denn?«, fragte jetzt Seybold. Seine Stimme klang zum ersten Mal ernst. »Ich hasse diese Schule, ich will raus!« Doch Seybold konnte nicht aus seiner Haut. Ein Kollege, der nie ganz ernst bleiben konnte, alles mit Spaß und Scherz überzog. Ich hätte laut auflachen mögen, als der kleine rundliche Mann jetzt sagte: »Aus der Schule raus? Na, das wollen andere auch. Mein Mitgefühl ist ihm sicher. Er hätte mich gleich mitnehmen sollen.« »Ja«, sagte sie. »Fast jeder hat mal einen Durchhänger. Alles wird einem zu viel. Das kenne ich auch. Aber er schrie es heraus. Wir beide, lieber Seybold, würden es doch für uns behalten, nicht allen entgegenschreien. Und dann verstieg er sich zu den Worten: »Ich hasse die Schule.« Die letzten Worte hatte Frau Ballhorn etwas laut gesprochen. Sie schien es gemerkt zu haben, und als ob noch ein Zuhörer in der Nähe sein könnte, ging ihre Rede in einen Flüsterton über. »Und das vor vielen Kollegen, lieber Seybold. Das würden Sie doch nie tun.« »Vielleicht nicht. Ich würde es für zu Hause aufbewahren und gegen die Wände donnern.« »Richtig. Und was dann kam, würden Sie erst recht bei sich zu Hause oder allein in einem Wald von sich geben. Das ist etwas, was ich – gerade auch vom Inhalt her – nicht mehr nachvollziehen kann.« »Es wird ja immer spannender.« »Ich sagte doch: Der junge Mann raste, raste wie ein Amokläufer.« »Den Sie nie gesehen haben.« »Er schrie: Siglaff hat mich verraten! Das ist ja gar kein Schulleiter! Ein Buchhalter ist das! Ein geschickter Taktierer, ja, das schon. Besonders wenn es um seine Position und sein Image geht. – Wir waren alle betroffen. Dieser emotionale Ausbruch bei einem Menschen, den alle bisher nur als still und zurückhaltend kannten. Und jetzt diese Anschuldigung gegen Siglaff, diese beleidigenden Worte. Es gab keinen, der ihn beruhigen wollte. Der Kollege Urweider, mit dem er befreundet ist, war nicht zugegen.« »Wollte oder konnte?«, fragte Seybold. »Wollte. Alle starrten auf ihn wie auf einen Exoten, der aus der Fremde kam und nicht zu uns gehörte. Es war peinlich. Das war ja nicht mehr der liebenswürdige nette Kollege Wilnius. Das war ein anderer Mensch, der da vor uns stand. Wenn Reinhold früher hin und wieder seinen Ausbruch bekam, dann war das für die meisten von uns normal, man lächelte. Es war schon verziehen, oder besser: vergessen, bevor er in seiner cholerischen Weise loslegte.« »Vielleicht haben auch einige diesen Ausbruch genossen.« »Das glaube ich nicht, dafür war er zu peinlich. Kritik an Siglaff hört man ja des öfteren. Früher, bevor das mit Volker passierte, besonders häufig, meistens hinter vorgehaltener Hand. Aber diese offenen verbalen Aggressionen, das hat es noch nie gegeben.« »Und keiner ging zu ihm? Sie auch nicht, liebe Kollegin, um ihn zu beruhigen? Sie haben sich doch immer um Seelsorge verdient gemacht. Wenn ich an all die Schüler denke, die Sie allein mit Hilfe des Telefons seelisch betreut haben. Der junge Wilnius redete sich ja um Kopf und Kragen.« »Nein, ich auch nicht. Heute bereue ich es schon. Ich war in dem Augenblick genauso konsterniert wie alle anderen auch.«

Eine Stille trat ein. Ich unterdrückte nur mit Mühe einen Hustenreiz, glaubte schon, entdeckt zu sein. Ich beugte mich über meine Hefte, um im Notfall wenigstens so tun zu können, als sei ich ganz in meine Arbeit vertieft. Aber das schon Befürchtete trat nicht ein. Mit leiser Stimme – es klang, als habe sie einen Trauerfall zu beklagen – sagte Frau Ballhorn jetzt: »Es kamen noch einige peinliche Worte, die ich aber nicht wiederholen möchte.«

Seybold ließ nicht locker. »Aber nun sagen Sie sie schon.«
»Wilnius nannte Siglaff noch mehrere Male einen Feigling und
Verräter.« »Mit welcher Begründung?« »Mit keiner. In seinem
emotionalisierten Zustand war er sicher zu keiner Begründung
fähig.« »Und wie ging es weiter?« »Es gab eine Art Zusammen-
bruch. Wilnius warf sich auf einen Stuhl, stützte den Kopf in
beide Hände und schluchzte.« »Also doch. Ich habe gleich bei
Ihrer Schilderung an einen Nervenzusammenbruch gedacht. Alles
deutete darauf hin.« »Er hob gleich darauf den Kopf, als einige
Kollegen sich ihm zaghaft näherten, wohl in der Absicht, ihm
auf irgendeine Weise zu helfen. Er schien plötzlich zu erwachen,
zu begreifen, was mit ihm vorgegangen war. Dann verließ er so
schnell er konnte den Raum. Die Kollegen blieben zurück. Einige
standen reglos, andere schüttelten ratlos den Kopf. Die Tür ging
auf und Siglaff kam herein. Er machte ein Gesicht, als schiene er
schon alles zu wissen. Aber auf Wilnius angesprochen, sagte er
nur belanglose Worte und winkte ab.«

Es läutete zur Pause, die beiden gingen auseinander.

7

Besorgt rief ich am Nachmittag Robert an. Wie aus weiter Ferne
kam seine stöhnende Stimme: »Ja bitte?« Ich erkundigte mich nach
seinem Befinden. »Ich leide unter einer reaktiven depressiven Verstimmung.« »Was ist das denn?« »Na, eine depressive Verstimmung
wirst du dir, auch ohne sie selbst erfahren zu haben, vorstellen können. Sie ist eine Art Symptom für eine Reaktion, die sich gegen
irgend etwas richtet.« »Gut. Ich glaube, ich weiß, was du meinst.«
Ich dachte an das Gespräch der beiden Kollegen von heute morgen.
Das Krankheitsbild ließ sich in einem Zusammenhang ahnen mit

dem, was ich gehört hatte. »Du hast sicher von meinem Anfall in der Schule gehört?«, fragte er unvermittelt. Ich zögerte. Dann sagte ich: »Ich habe Kollegen darüber sprechen hören.« Er erwiderte nichts. Erwartete er, von mir mehr zu hören? Die Stille war mir unangenehm. »Soll ich vorbeikommen? Kann ich dir irgendwie helfen?« »Danke, ich glaube nicht. Ich befinde mich in einem psychischen Tief. Aus dem muß ich mich selbst herausreißen. Was meinen Zustand angeht, so kann mir keiner helfen. Meine allzu große Empfindlichkeit hat mich mal wieder ins Abseits gedrängt. Ich habe die letzte Nacht kein Auge zugetan.« »Du hast wieder, wie ich dich kenne, intensiv über dich nachgedacht. Dein Lieblingsthema.« »Nicht nur über mich, auch über meinen Beruf. Vor allem über den Sinn meines Berufes.« »Es ist schließlich auch mein Beruf.« »Ja. Also meinetwegen: unseres Berufes. Aber du kennst meine Einstellung: Der Beruf und die Person, das Individuum also, das ihn ausfüllt, lassen sich nicht trennen, bilden eine Einheit oder keine. Andernfalls würde ich es einen Job nennen.«

Ich sagte mit betont energischer Stimme, die aber ruhig klingen sollte: »Du mußt mir unbedingt erzählen, wie es zu deinem Anfall gekommen ist. Das bist du mir schuldig.« »Anfall«, hörte ich ihn wiederholen. Zu meiner Überraschung sagte er dann, als habe er darauf gewartet: »Na gut, du sollst alles wissen. Dir habe ich noch immer fast alles erzählt. Und du weißt, daß ich ein starkes Bedürfnis habe, mich mitzuteilen ... über mich zu reden. Ich bin mir auch im klaren darüber, daß das eine Zumutung für andere ist. Ich werde dir in diesem Fall aber einen Brief schreiben.«

Ich wechselte das Thema. »Schreibst du eigentlich noch an deiner Erzählung?« »Im Augenblick bleibt wenig Zeit dafür. Vielleicht in den Ferien.« »Wir sehen uns doch noch vor den Ferien?« »Auf jeden Fall. Wenn es mir etwas besser geht, kannst du gerne mal vorbeikommen. Ich freue mich.« »Wann kommst du wieder zur Schule?« »Das kann ich nicht sagen. So wie es jetzt aussieht, meint der Arzt, er müsse mich bis zu den Ferien krank schreiben. Ich werde mich dagegen nicht wehren, denn ich habe Angst.« »Angst? Wovor?« »Vor der Schule, den Schülern, den Kollegen ... vor mir selbst!« »Und vor Siglaff«, warf ich ein.

Pause. Nach einigen Sekunden: »Du hast es schon gehört. Also ... Angst habe ich nicht vor ihm. Aber darüber wirst du im Brief erfahren.« »Ich soll dich von Beate grüßen. Sie wünscht dir gute Besserung, falls es dir schlecht gehen sollte. Wir haben vorhin telefoniert.« »Danke. Grüß sie wieder. Ich freue mich, daß du angerufen hast.« »Hast du sonst telefonisch Kontakt aufgenommen?« »Nur mit meiner Mutter. Von dir abgesehen ruft mich sonst keiner an. Übrigens: Kannst du dich eigentlich noch an Peter Ahrens erinnern?« Ich überlegte. »Ja, ich glaube. Ist das nicht dieser lang aufgeschossene, dürre Junge, der früher einmal zu der Gruppe um Volker Hanstedt gehörte?« »Ja, richtig.« »Meinst du den mit den auffallend hellen, fast weizenblonden Haaren?« »Genau, den meine ich.« »Und was ist mit dem?« »Eine lange Geschichte. Ich schreib' dir.« »Gut. Ich mach jetzt Schluß. Gute Besserung. Bis bald.«

Ich hatte den Peter Ahrens ein Jahr unterrichtet. Das lag zwei Jahre zurück. Er mochte jetzt siebzehn Jahre alt sein.

Lieber Hans, Du sagtest am Telefon, Du würdest Dich noch an Peter Ahrens erinnern. Von ihm ging alles aus. Du hast nur sein Äußeres beschrieben. Ich urteile meistens vorsichtig, wenn es darum geht, einen Charakter zu beschreiben. Du kannst es am besten bezeugen, denn Du warst oft mit mir auf Zeugniskonferenzen zusammen und hast erlebt, wie ich einige Male Kollegen widersprochen habe, die vorschnell und aus einem verständlichen Affekt heraus über Schüler urteilten. Aber eben dieser Affekt berät schlecht. In diesem Falle bin ich allerdings persönlich zu sehr betroffen, um mich emotionsfrei zu äußern.

Was Ahrens angeht, so kann ich mich nicht erinnern, jemals einen unangenehmeren Schüler unterrichtet zu haben. Er ist ähnlich begabt wie es Hanstedt war, aber vielleicht noch verschlagener und hinterhältiger. Aber der Reihe nach. Ich empfand ihn immer wieder wie eine Miniausgabe von Hanstedt. Er hatte es sich zu seiner Hauptaufgabe gemacht, während des Unterrichts die anderen Schüler, die in seiner näheren Umgebung saßen, durch geschickte und variationsreiche Ablenkungsmanöver daran zu hindern, meinem Unterricht zu folgen. Du hast mir selbst oft gesagt, daß ich Dir in einer Hinsicht überlegen sei. Ich könnte mit noch größerem Engagement als Du Schülern Literatur beibringen. Ich habe das bestritten. Aber darum geht es jetzt nicht. Wenn eine größere Empfindlichkeit zugleich auf eine Fähigkeit zu größerem Engagement in gewissen Bereichen des Lebens hindeutet, dann kannst Du vielleicht recht haben.

Ich las mit der Klasse Camus' »Die Pest«. Ich kann mich jedesmal – ich weiß nicht, wie oft ich dieses großartige Werk schon mit Schülern gelesen habe – immer wieder begeistern. Eine Begeisterung, die frei von jeder Schwärmerei ist. Der Schüler Ahrens störte wieder einmal mit System. In diesem Falle war er jedoch nicht sehr einfallsreich. Er verhielt sich so, wie er es schon bei der Lektüre »Sansibar« von Andersch getan hatte: Er sah ostentativ gelangweilt zur Decke, verschränkte dann wieder die Arme und lehnte sich mit seinem Stuhl so weit zurück, daß sein Kopf an die Wand stieß. Dabei verzog er sein Gesicht zu provozierenden Grimassen.

Ich spürte das Interesse der anderen Schüler während des Unterrichts. Da war bei Camus etwas, was sie selbst in ihrer Existenz anging. Mein Wunsch, sie mit guter Literatur bei sich selbst abzuholen – Du weißt, daß ich darin eine meiner wichtigsten Aufgaben als Deutschlehrer erblicke, ohne meinen Unterricht als bloße Lebenshilfe verstehen zu wollen ... Das Verhalten eines Schülers wie Ahrens ist dann zu ertragen, wenn es sich um einen Einzelfall handelt. Als er merkte, daß seine Störversuche von mir nicht beachtet wurden, nicht die erwünschte Wirkung brachten, versuchte er es mit einer anderen Methode. Es mußte ihn ärgern, daß die Kameraden neben ihm aufmerksam dem Unterricht folgten. Er wandte sein Gesicht seinen Nebenleuten zu und fixierte sie, wobei er Grimassen schnitt oder ihren interessierten Gesichtsausdruck parodierte.

Ich muß für Dich zum besseren Verständnis hinzufügen, daß Ahrens über eine Reihe von Mitschülern Macht besaß. Es war mir erst später während einer Klassenreise aufgefallen. Während der normalen Schulzeit wußte er das stets zu verbergen. Auf welche Weise diese Macht zustande gekommen war, ist mir nie richtig klar geworden. Einige Mitschüler, auf die er keinen Einfluß hatte, erzählten mir einmal, er leihe den anderen Geld. Er sei ein Kreditgeber, der nur auf schnelle Rückgabe dränge, wenn ihm einer seiner Schuldner nicht gehorche, sich seinen Anordnungen widersetze. Auf diese Weise habe er sich – so diese Schüler – viele abhängig gemacht. Die Bedürfnisse der Sechzehnjährigen heute sind groß. Ich habe das auf Klassenreisen immer wieder beobachten können. Ich verstehe das und werde nicht wie manche Älteren unter uns in den Fehler verfallen, ihre heutige Begehrlichkeit, ihre Konsumgier mit unserer Genügsamkeit während der Tübinger Studentenzeit zu vergleichen. Die meisten meiner Schüler verfügen über ein kleines Taschengeld, kommen aus sozial schwachen Verhältnissen. Ihre Eltern können ihnen bei dem spärlichen Nettogehalt, das der Vater nach Hause bringt, nicht mehr geben. »Kapitalist« Ahrens, der über eine dicke Brieftasche verfügt, weil sein Vater ein großes Möbelgeschäft betreibt, protzt mit seinem Taschengeld, lädt, wahrscheinlich, um sie sich gefügig zu machen, den einen oder anderen zum Drink ein oder betätigt sich, wie schon gesagt, als Geldverleiher.

Kurz: Ahrens verfügte – ähnlich wie damals Hanstedt – über eine Hausmacht.

Während meiner konzentrierten Arbeit vor der Klasse störte mich dieser Schüler ständig mit neuen Herausforderungen. Es war nicht mehr zu ignorieren, als er es bewußt darauf anlegte, in seinem Umfeld einen Unruheherd zu schaffen, der meine Arbeit sabotieren sollte. Außerdem empfand ich es als meine Pflicht, die Schüler, die sich spontan von der Camus-Lektüre anregen ließen, vor Ahrens zu schützen.

Ich muß vorausschicken: Ich habe zunächst während des Unterrichts, dann, als das nichts brachte, nach der Stunde mit Ahrens gesprochen, ihm gesagt, daß es unfair sei, andere in sein Desinteresse mit hineinzuziehen. Seine persönliche Einstellung sei mir egal. Er hörte zu, heuchelte auch Einsicht, setzte mit seinen Störattacken eine Stunde aus, um sie dann wieder in alter Gewohnheit aufzunehmen. Ich ermahnte ihn strenger. Schließlich platzte mir der Kragen und ich schrie vor Zorn bebend: Ahrens fährt nicht mit, wenn wir nächstes Jahr eine Klassenreise machen!

Dieser Ausbruch im Affekt kam selbst für mich überraschend. Du kennst mich, Hans, ich bin an sich ein freundlicher, gutmütiger, auf Harmonie bedachter Mensch. Nur wenn ich über längere Zeit gereizt werde, dann kann es passieren, daß es mal mit mir durchgeht.

Es war unheimlich still. Keiner hatte meinen Ausbruch in diesem Augenblick erwartet. Ahrens' Hausmacht sah mich neugierig und erstaunt an. Aber ich spürte, daß ich bei einigen in ablehnende Gesichter blickte. Sie, die eben noch mit Interesse dem Klassengespräch gefolgt waren, schienen plötzlich in ihren Mienen etwas Fremdes, Distanziertes zu haben. Aber ich weiß nicht, ob ich mir das nur einbildete.

Ahrens wurde auch still, sah mich mit gespieltem Schrecken im Gesicht und großen Augen an, spielte den Fassungslosen, Unschuldigen. Aber hinter seiner Maske spürte ich, wie er grinste, als freute er sich, mich endlich bis zu dieser Erregung gebracht zu haben.

Ich habe übrigens nie erfahren, was mir seine Feindschaft eingebracht hat. Ich bilde mir ein, ihn gleich freundlich wie alle anderen behandelt zu haben.

Wenn es schon ein Fehler gewesen war, sich vor der Klasse so rein emotional eine Blöße zu geben – ich hatte ja den Zornigen nicht nur gespielt –, so war mein nächster Fehler noch gravierender. Den ersten Fehler verzeihe ich mir, den zweiten nicht mehr. Er wurde zur Ursache meines Ärgers, der ein immer größeres Ausmaß annehmen sollte. Kurz: Ich ging zu Siglaff und informierte ihn über das Verhalten von Ahrens.

Ich kann mich jetzt kürzer fassen. Unserem Schulleiter selbst war Ahrens schon häufig negativ aufgefallen. Er stand wohl noch unter dem Schock des Steinwurfs, denn zu meiner Überraschung wollte er den Schüler Ahrens sofort zu sich kommen lassen, um ihm ins Gewissen zu reden – eine Reaktion, zu der er, wie Du auch weißt, früher nie bereit gewesen war. Stell Dir vor, Hans! Er wollte ihn sogar von der Schule weisen lassen wie Hanstedt, falls Ahrens sich nicht bessern würde. Ich selbst mußte Siglaff bitten, von dieser Androhung Abstand zu nehmen. Hatte sich unser milder Chef so gewandelt? Sein Verhalten deutete seit einiger Zeit darauf hin. Siglaff war ein anderer geworden. Er blieb bei seinem Entschluß, hart gegen Ahrens vorzugehen. Vielleicht wollte er gegen Ahrens die Härte demonstrieren, die er früher gegen Hanstedt hatte vermissen lassen.

Als Ahrens von seiner Vorladung erfuhr, dachte er wohl gleich, daß ich das veranlaßt hatte. Er ließ sich von seiner Hausmacht, seinen ihm gefügigen Klassenkameraden begleiten. Er hatte richtig kalkuliert: Siglaff würde sich wohl von dieser Zahl beeindrucken lassen. Die Schüler drehten den Spieß um, leugneten die Vorwürfe, die von meiner Seite gegen Ahrens erhoben worden waren, und warfen mir ihrerseits übertriebene Strenge vor. Kurz: Die Beschwerde, die ich geführt hatte, verlor an Gewicht und machte einer Anklage gegen mich Platz. Der Opportunist in Siglaff ließ ihn sich auf die Seite derjenigen stellen, die in seinen Augen das stärkere Bataillon stellten. In diesem Augenblick war er wieder der Schulleiter, der er in meinen Augen immer gewesen war.

Er entließ die Schüler mit den Worten, er wolle sich alles noch einmal überlegen. Die Angelegenheit stelle sich jetzt in seinen Augen etwas anders dar, als sie von mir, einem Kollegen, vorgetragen worden sei. Er beabsichtige, mit mir zu sprechen. Die Schüler feixten. Du kannst Dir denken, wie enttäuscht ich über Siglaffs Verhalten war, und das um so mehr, als ich es war, der ihm von einem Verweis abgeraten hatte. Aber es sollte noch schlimmer kommen.

Als ich ihn ansprach und eine Aussprache mit den Schülern in seinem Beisein anregte, da wiegte er den Kopf und meinte, das sei keine Lösung. Hans, das war ein ganz anderer Siglaff als der, den ich kurz vorher in seinem Arbeitszimmer gesprochen hatte und der mir bei der Lösung meines Konfliktes mit Ahrens zu helfen versprach. Seine joviale Miene, die er mir gegenüber aufgesetzt hatte, war verflogen. Aber es entging mir nicht, daß er ein schlechtes Gewissen hatte. So etwas spürt man. Die Art, wie er beiläufig zu mir sprach, so als handele es sich jetzt um eine Lappalie, über die man weiter keine Worte verlieren sollte, sein Gesichtsausdruck, seine Augen, die ohne Interesse an der Sache an mir vorbeisahen: Alles stand in krassem Widerspruch zu seinem Verhalten vom Vortage. Er redete sich in Ausflüchte hinein, bemerkte, es hätten sich im Gespräch mit Ahrens und den Mitschülern neue Argumente ergeben. Während er sich auf einen anderen Kollegen konzentrierte, den er dringend sprechen zu müssen vorgab, sagte er hastig zu mir: »Sehen Sie nur zu, daß sich nicht die ganze Klasse mit Ahrens solidarisiert. Sonst haben Sie die Hölle. Ich kann Sie aus der Klasse leider nicht herausnehmen.« Es war also ganz der alte Siglaff, so wie ich ihn seit meinem Amtsantritt kennengelernt hatte.

Ich mußte ein sehr besorgtes Gesicht gemacht haben, denn bevor er sich abwandte, sagte er noch: »Ich habe Ahrens dringend geraten, sich bei Ihnen zu entschuldigen.« Das geschah auch. Am nächsten

Tag stand der Schüler vor dem Klassenraum, setzte ein freches Grinsen auf, als er mich kommen sah. Das verschwand allerdings von seinem Gesicht, als er mir entgegenkam und mit einer gespielten Demutsgebärde einer Form Genüge tat: »Ich möchte mich entschuldigen.« Während der nächsten Stunden verhielt er sich ruhig, starrte vor sich hin oder spielte mit einem Gegenstand. Meinem Unterricht schenkte er keine Aufmerksamkeit, tat, als ginge ihn das alles nichts an, was ich über Camus vortrug.

Hans, ich war froh, daß der Konflikt wenigstens zum Schein beigelegt war. Du weißt, wie sehr ich unter Ärger leide. Jeden Konflikt mit einem Schüler, der zu einem Dauerzustand wird, empfinde ich als Hölle. Der größere Teil der Klasse wollte mit Ahrens nichts zu tun haben. Das war mein Glück. Ich versuchte, mich zu beruhigen, indem ich mir einredete, alles sei in Ordnung. Insgeheim kochte ich vor Wut und litt unter der tiefen Kränkung, die, wie ich glaubte, mir der Schulleiter zugefügt hatte. Mit dieser geheuchelten Entschuldigung sollte alles, was mir Ahrens über Wochen an Ärger bereitet hatte, abgegolten sein? Ich war auch wütend auf mich selbst, auf mein Versagen, meine Unfähigkeit, mich energisch durchzusetzen. Ich gebe gern zu: Ich bin nie mutig gewesen. Warum? Auf langen Spaziergängen, die ich an den darauffolgenden Tagen unternahm, um mich abzureagieren, stellte ich mir immer wieder diese Frage.

Ich führe es auf meine Erziehung zurück, aus der ich mich nie habe befreien können. Ich höre noch immer meine Mutter sagen: Robert, sieh zu, daß du gut durchkommst. Unter »gut« verstand man in meinem Elternhaus: die Fähigkeit, allen Schwierigkeiten, Konflikten geschickt aus dem Weg zu gehen. Man dachte nicht darüber nach, wie einem bei dieser Lebenseinstellung zumute sein würde. Mein Gewissen sagt mir, daß es besser ist, auch um den Preis eines Konfliktes, einer Einbuße, dann mutig zu sein, wenn es notwendig ist. Der Geist des Widerspruchs lebte in meinem Vater, aber meine genetische Anlage tendiert zur Philosophie meiner Mutter, die während des Dritten Reiches und des Krieges, vor allem am Ende des Krieges, mit größter Mühe die Familie vor einem Unheil dadurch zu bewahren versuchte, daß sie dauernd auf meinen Vater beschwichtigend einwirkte, der keine Gelegenheit ausließ, um seiner Enttäuschung, seinem Schamgefühl, 1933 auf die Nazis gesetzt zu haben, mit lebensgefährlichen Äußerungen Ausdruck zu geben.

Vielleicht glaubte er, durch einen Mut, für den er leicht den höchsten Preis hätte zahlen müssen, seinem verletzten Ehrgefühl Genugtuung verschaffen zu können. Er hatte sehr schnell nach der Machtergreifung Hitlers erkannt, mit welchen Barbaren er es zu tun hatte. Aber da war es zu spät gewesen. Es war kein Mut, wenn er jetzt in der Schlußphase noch seinen Kopf riskierte, um sich persönlich Luft zu verschaffen.

Ohne Rücksicht auf seine Familie sprach er mit Vorliebe im Bunker, zu einer Zeit, als Deutschland schon in Flammen stand, vom verlorenen Krieg. Selbst im Beisein anderer Leute, denen nicht zu trauen war, schimpfte er auf Hitler. Heute weiß ich, daß er es absichtlich tat. »Er redet sich um Kopf und Kragen«, höre ich meine Mutter noch jammern. »Wie kann man so dumm sein.« Siehst Du, Hans, das meine ich: Dieses ständige Klagen, ihr ängstliches Gesicht, das sie immer dann machte, wenn es an der Haustür klingelte und sie fürchten mußte, unser Vater würde abgeholt werden, hat sich mir eingeprägt, verfolgt mich noch heute. Vielleicht liegt hier der Schlüssel zu einem feigen Verhalten meinerseits, das ich nicht vermeiden kann, zugleich aber tief in meinem Inneren hasse. Eine gewisse Erleichterung darüber, daß ich ohne Gesichtsverlust – Ahrens hatte sich ja bei mir entschuldigt – den Unterricht fortsetzen konnte, ließ das Gefühl, von Siglaff tief gekränkt worden zu sein, etwas zurücktreten.

Zur Mehrheit der Schüler hatte ich einen guten Kontakt. Viele lehnten Ahrens ab. Sie hätten sich vielleicht mit ihm nur gegen mich solidarisiert, wenn ich eine eklatante Ungerechtigkeit gegen einen ihrer Mitschüler begangen hätte. Sie hielten es für unnötig – wie mir einer sagte –, daß ich mich an Siglaff gewandt hatte. Sie seien enttäuscht gewesen, weil sie geglaubt hätten, ich würde mit Ahrens allein fertig werden. Darin mußte ich ihnen recht geben.

Die mit Ahrens befreundeten Schüler verhielten sich mir gegenüber auffallend zahm. Das erschien ihnen, wie ich später erfuhr, opportun, um nicht die Klassenreise, die ich für das folgende Jahr geplant hatte, zum Scheitern zu bringen.

Hans, entschuldige, daß ich so ausführlich bin. Zunächst einmal hocke ich zu Hause, bin krankgeschrieben, habe viel Zeit. Aber – und ich habe nie ein Geheimnis daraus gemacht – ich schreibe diesen Brief zugleich an mich. Und indem ich mir noch einmal alles vergegenwärtige, erhält er eine therapeutische Bedeutung. Ich sage Dir damit nichts Neues. Du kennst mich ja in dieser Hinsicht. Aber ich entlasse Dich nicht aus dieser Lektüre, ohne Dir die Fortsetzung, den zweiten Teil erzählt zu haben.

Die Klassenreise verlief harmonisch. Es gelang mir, zu der mir gegenüber immer noch mißtrauisch, wenn nicht gar feindlich gesinnten Gruppe um Ahrens, die er bei Siglaff gegen mich mobilisiert hatte, einen besseren Kontakt herzustellen. Ich muß es noch einmal wiederholen: Über eine derartige Entwicklung war ich umso erleichterter, als ich ja unter Spannungen leide – wahrscheinlich mehr als andere.

Zum Ende des Schuljahres gab ich die Klasse ab. Die mittlere Reife war erreicht, und einige Schüler wollten die Schule verlassen, um ins Berufsleben einzutreten. Eine kleine Abschiedsfeier wurde arrangiert. Man überreichte mir ein Buchgeschenk. Während der Feier plauderte ich mit allen Schülern meiner Klasse. Wir scherzten, erinnerten uns an einige Situationen während der Reise. Dann kamen die Sommerferien. Ich dachte nicht mehr an Ahrens und zählte ihn zu meinen ehemaligen Schülern. Es gab aber noch eine Überraschung für mich. Mein Ehemaliger hatte trotz meiner Versuche, auch mit ihm ein besseres Verhältnis herzustellen – unser Kontakt hatte sich auf den Austausch weniger Worte beschränkt –, nicht vergessen, daß er von mir beim Schulleiter »denunziert« worden war. Er mußte wohl annehmen, daß er auf mein Betreiben hin damals bei Siglaff erscheinen sollte, um eine heftige Rüge zu erhalten. Er war, wie ich feststellen mußte, nachtragend und hatte mir diese vermeintlich »böse Absicht«, ihn »fertigzumachen«, nie verzeihen können. Er sann auf Rache und glaubte das ohne Gefahr für sein weiteres Fortkommen tun zu können, weil er mir als Schüler auf der Oberstufe nicht mehr unterstellt war. Außerdem war ja, wie er wußte, von Siglaff nichts zu befürchten. Man schätzte in der Schülerschaft den Schulleiter richtig ein, der sich um jeden Preis mit den Schülern gut stellen wollte.

Ahrens rottete den Kreis seiner alten Mitschüler, die ihm immer noch treu ergeben waren, zusammen. Mit ihnen lauerte er mir auf. Bei meinem Erscheinen, und das konnte immer irgendwo im Schulgebäude sein, stellten sie sich, etwa fünf oder sechs Schüler, in eine Reihe, drehten mir, wenn ich auf ihrer Höhe war, den Rücken zu und brachen gemeinsam in ein gekünstelt höhnisches Gelächter aus. Ich eilte vorbei, tat so, als gälte es nicht mir. Als ich jedoch mit diesem Verhalten mehrere Male in der Woche konfrontiert wurde – Ahrens brachte eine ungewöhnlich hartnäckige Energie auf, um mir immer wieder seine Feindseligkeit zu demonstrieren –, war ich gezwungen zu reagieren, zumal das Verhöhnen im Beisein anderer Schüler geschah. Es war für alle in der Nähe Stehenden nicht zu übersehen, daß diese Aktion sich gegen meine Person richtete. Ich versuchte, diese Provokation komisch zu finden. Auf jeden Fall mußte ich nach außen Gelassenheit bewahren, auch wenn mir innerlich nicht danach zumute war.

Mein erster Gedanke war, auf die Schüler zuzugehen und ihr Verhalten auf die Ebene eines Spaßes zu ziehen. Als Pädagoge ist man gezwungen, auch einmal gute Miene zum bösen Spiel zu machen. Ich erinnerte mich bei dieser Gelegenheit an die zu bewundernde Haltung, die mancher Kollege bei Abiturfeiern bewahrt hatte, obwohl man ihm schon einige Frechheiten zugemutet hatte. Und warum sollte sich nicht auch der Schwächere einmal am Mächtigeren – und das sind wir Lehrer ja nun einmal mit unserer Zeugnisgewalt – schadlos halten dürfen. Und konnte man denn von Schülern, von Heranwachsenden erwarten, daß sie immer die Grenzen des guten Geschmacks erkennen?

So etwa dachte ich und stimmte mich in ein Gefühl pädagogischer Überlegenheit ein. Da mir die Schüler aber, wenn ich erschien, jedesmal den Rücken zuwandten, so war meine Absicht, auf sie zuzugehen, wenig erfolgversprechend. Ich hätte ihnen höchstens von hinten auf die Schulter klopfen können mit den Worten: Nun ist ja gut. Laßt euch mal was Neues einfallen! Hans, leider fehlt mir diese Souveränität, die andere Kollegen wie zum Beispiel Seybold haben. Auch Dir traue ich sie zu. Immer wenn ich mir so etwas vornehme, packt mich die Angst, mich lächerlich zu machen, nicht den richtigen Ton zu finden, der nötig wäre, um der Situation eine heitere, versöhnliche Wendung zu geben. Ich bin zu sehr gehemmt, und die in meiner Natur liegende Angewohnheit, Distanz zu allen Menschen zu halten, hilft mir nicht gerade, derartige Situationen zu meistern.

Als sich das Spiel in grotesker Manie Woche für Woche wiederholte, beschloß ich, weiterhin so zu tun, als sei ich davon nicht betroffen. Ich spielte nach außen den Gelassenen in der Hoffnung, ein ständiges Nichtbeachten würde die Provozierenden schließlich einmal ermüden und dazu bringen, ihr Benehmen reizlos und langweilig zu finden.

Aber Ahrens' Verlangen, sich auf seine Weise an mir zu rächen, muß man wohl schon als pathologisch bezeichnen. Denn trotz meines Entschlusses, pädagogisch zu reagieren, verfolgte er mich mit seinen Leuten fast ein ganzes Jahr. Ich wagte nicht, einen seiner Akteure zur Rede zu stellen. Wenn ich einem von ihnen einzeln begegnete, dann sah dieser wie abwesend in eine andere Richtung. Ihr Verhalten konnte trotz gespielter Überlegenheit von meiner Seite schon lange nicht mehr als Spaß aufgefaßt werden.

Ich fühlte mich einsam. Auf welche Weise Ahrens die Macht, mit der er über die anderen verfügte, erlangt hatte, ist mir bis heute unerklärlich geblieben. Es kann doch nicht allein die finanzielle Abhängigkeit der anderen gewesen sein. Mir wohlgesinnte Schüler aus meiner alten Klasse erzählten mir einmal, daß die Leute um Anführer Ahrens gar nichts gegen mich gehabt hätten. Sie hätten vor ihm nur Angst gehabt. Aber auch sie konnten mir auf meine Frage, woher denn ihre Angst rührte, keinen konkreten Grund nennen. Sie hätten Ahrens als einen Mitschüler erlebt, der immer alles habe zerstören wollen. Seine Bosheit habe sich auch gegen andere, meistens ruhige Schüler in der Klasse gerichtet.

Die Eltern des »Anführers« waren geschieden. Ich wußte aus meiner Zeit als Klassenlehrer, daß die Mutter, bei der er wohnte, sich dem Willen ihres Jungen völlig untergeordnet hatte. In Sprechstunden erschien sie als hilfloses Persönchen. Sein Vater, den der Sohn nur selten besuchen konnte, weil er viel auf Reisen war, pflegte dem Jungen immer nur viel Geld zuzustecken, während er sich mit Unterhaltszahlungen an seine Frau zurückhielt. Vielleicht steckt Peter Ahrens aufgrund der zerrütteten häuslichen Verhältnisse voller Aggressionen, die sich ständig entladen müssen. Das soll aber sein Verhalten nicht entschuldigen. Aber das Faktum häuslicher ungeordneter Verhältnisse kann vielleicht zur Klärung seiner Charakterstruktur beitragen, mehr nicht.

Während des Jahres bewahrte ich nach außen Ruhe. Wenn auch die Abstände zwischen den einzelnen Aktionen größer wurden, so fühlte ich in mir von Mal zu Mal mehr Wut aufsteigen. Es war nicht eigentlich eine Wut, die sich gegen die Schüler richtete, es war eine Wut gegen das ganze System. Besser: gegen die Institution Schule. Ein System, das mich allein ließ, mich pädagogisch hilflos machte und mich nicht vor dem deprimierenden Gefühl der Würdelosigkeit zu schützen vermochte.

Ich hoffte von Tag zu Tag, der Unfug würde aufhören. Es fiel mir allmählich schwer, noch Gelassenheit zu bewahren. Auch hatte ich Angst, aus meiner mir selbst auferlegten Rolle zu fallen und in einem ungünstigen Augenblick eine Überreaktion zu zeigen, die ich später bereuen müßte. Ich dachte an Reinholds Verhalten, das fast alle Kollegen in ekelhafter Selbstgerechtigkeit verurteilt hatten, so als könne ihnen dergleichen nie passieren. Mit Empörung nach außen zu reagieren, wäre mir als Schwäche ausgelegt worden. Diese Blöße wollte ich mir auf gar keinen Fall geben. Hätte mir eine Krankschreibung wegen Nervenschwäche gedient? Ich zog das in Erwägung, zuckte aber davor zurück, weil ich mich schon zu Haus im Bett grübeln sah. Meine überreizte Phantasie hätte mir aus häuslicher Entfernung einen Ahrens vorgestellt, der über mein Kranksein in ein Triumphgeschrei ausgebrochen wäre – so als hätte er es auf mein Kranksein von vornherein angelegt. Einmal wachte ich nachts auf und erschrak über einen Traum, in dem ich vor den Schülern auf den Knien gelegen und um Gnade gefleht hatte.

Schließlich versagten meine Nerven derart, daß ich jeden Tag Angst hatte, in die Schule zu gehen und der Schülergruppe zu begegnen. Ich befand mich ständig auf der Flucht, auch wenn oft eine Woche verging, bevor ich wieder einmal belästigt wurde. Um das Zusammentreffen mit der Gruppe zu vermeiden, studierte ich immer wieder die Stundenpläne, die sich auf die Kurse der entsprechenden Schüler bezogen. Auf diese Weise konnte ich feststellen, auf welchem Flur, in welcher räumlichen Nähe sich die einzelnen gerade aufhielten. Auf diese Weise gelang es mir manchmal, vierzehn Tage lang unbehelligt zu bleiben. So konnte ich mit einigem

Geschick dem Spießrutenlaufen eine Weile entgehen, das mir, wie ich befürchtete, bei jungen Schülern schon einen Autoritätsverlust beschert hatte. Aber auch das mag auf einer Einbildung beruhen.

Indessen verfolgte mich das sich immer wiederholende höhnische Gelächter bis in den Schlaf. Ich mochte mich in meiner Not auch keinem Kollegen anvertrauen. Es gab in meinen Augen keinen, dem ich mich hätte offenbaren wollen. Ich weiß nicht, warum ich nicht wenigstens mit Dir das Gespräch gesucht habe. Vielleicht glaubte ich auch, daß mir keiner in dieser Hinsicht hätte helfen können. Ich weiß heute, daß ich mich geärgert habe, wegen einer Sache zu leiden, über die alle anderen wohl nur gelächelt hätten. Ich hatte schon längst die Orientierung verloren, die einem Lehrer die Sicherheit gibt bei der Beantwortung der Frage, wie er sich in einem heiklen Fall pädagogisch zu verhalten hat, ohne selbst seine Würde zu verlieren.

Und nun der Schluß: Vor wenigen Tagen, als ich mit meinen Nerven wieder einmal am Ende war, kam ich auf den unseligen Einfall, Siglaff von meinem Problem in Kenntnis zu setzen. Ich befand mich plötzlich in einem Zustand, der einen zwingt, sich mitteilen zu müssen, irgendeinem, will man nicht kaputtgehen. Ich wollte nun vor ihm auf keinen Fall wehleidig erscheinen, eher die Sache herunterspielen. Ich war einfach begierig, seine Meinung zu hören, von ihm, der doch eigentlich den Stein ins Rollen gebracht hatte und dessen Pflicht es war, einem Kollegen, der nicht weiterweiß, einen Rat zu erteilen.

Ich meldete mein Gespräch an und berichtete ihm. Ich mimte vor Siglaff den souveränen Pädagogen, von dem man erwartet, daß er Verständnis für die Streiche seiner Schüler aufbringt, die doch auch einmal das Recht haben, Dampf abzulassen, da sie doch ständig von ihren Lehrern gequält werden. Aber wider Erwarten nahm er mir die Rolle nicht ab und sagte etwas, das eigentlich im Widerspruch zu dem gespielten Ton stand, in dem ich mein Anliegen vorgetragen hatte: »Unsere Schüler, Herr Wilnius, sind eine ständige Herausforderung, die wir annehmen und der wir begegnen müssen. Wir dürfen nicht so empfindlich sein, wenn sich Schüler ein wenig Unsinn ausdenken.« Dann stand er auf, um mich zu verabschieden. Stell Dir das bitte vor! Er sagte ein paar Worte, um mich dann zu entlassen. Ich war völlig überrascht. Das sollte alles gewesen sein? Es kam mir so vor, als begegnete ich einem Achselzucken, das so viel bedeutete wie: Warum erzählen Sie mir überhaupt eine derartige Bagatelle? Damit müssen Sie schon selbst fertig werden.

Ich fühlte, wie eine Bitterkeit in mir aufstieg. Das sollte nun der Mann sein, dem ich mich – wenn auch wider besseres Wissen –anvertraut hatte, in der stillen Hoffnung, er würde mir einen Ratschlag geben, mich in meiner Not sogar verstehen. Hans, welch eine Dummheit von mir! War es der Glaube an den Vorgesetzten schlechthin, zu dem man mit einem Problem kommen durfte? Aber ich kannte ihn doch! Hätte doch vorher wissen müssen, wie dieser Mann sich in derartigen Fällen verhält.

Zu diesem Gefühl der Bitterkeit kam die Enttäuschung, so schnell bei einem Problem abgefertigt zu werden, mit dem man sich das ganze Jahr herumgetragen hatte. In meine Seelenlage mischten sich noch der Groll, den ich seit langem gegen ihn hegte und der wieder aufflammte, und ein Schamgefühl, mich diesem Mann anvertraut zu haben, den ich doch schon immer wegen seines Opportunismus verachtet hatte.

Es war der Punkt erreicht, bei dem man in Gefahr ist, sein Gefühl für Selbstachtung zu verlieren. Ein schlimmer Zustand, der zur Verzweiflung führen kann. Aber es gibt noch etwas, das sich in einem wehrt. Um diese Achtung vor mir selbst nicht zu verlieren, muß ich wohl plötzlich die Kontrolle über mich verloren haben, es hatte sich zu viel aufgestaut. Ähnlich mag es Reinhold damals ergangen sein. Ich schrie, außer mir, mit rotem Kopf: »Warum lassen Sie mich immer im Stich!« Ein Teil meines Selbst war überrascht über diese

Worte. Ich muß den Tränen nahe gewesen sein, als ich hinzufügte: »Was habe ich Ihnen denn getan?«

Erschrocken über meinen Ausbruch und das Wagnis dieser Worte, die er nie von mir erwartet haben mochte, schloß er sofort und heftig die Tür hinter mir, obwohl ich fast noch auf der Schwelle stand. Mein Kopf war heiß, in ihm drehte sich alles. Wut war darin, auch Haß und Verzweiflung. Ich rannte die Treppe zum Lehrerzimmer empor. Alles Weitere hast Du sicher schon von Kollegen erfahren.

Ich liege ruhelos zu Hause und quäle mich mit bohrenden Fragen. Hätte ich das sagen sollen, was ich im Lehrerzimmer gesagt habe? Habe ich es tatsächlich gesagt? Ist es vielleicht nur ein Alptraum? Es ist mir jetzt alles so peinlich und ich möchte mich wegen meiner Äußerung vor Scham verkriechen, zumindest nie mehr vor den anderen erscheinen.

Hans, ich bin mehr denn je davon überzeugt, daß ich meinen Beruf verfehlt habe. Du kennst mich lange genug, um zu wissen, daß das nicht die erste Krise ist, in der ich stecke. Meine Reizbarkeit, die ich durch vorgetäuschte Überlegenheit zu tarnen versuche, um nicht von anderen erkannt zu werden, macht mich untauglich für diesen »Job«. Ich hätte versuchen sollen, mich nach dem Studium, auch unter der Gefahr zu erwartender materieller Entbehrungen, als freier Schriftsteller zu behaupten.

Ich höre jetzt auf. Vermutlich werden wir uns vor den Ferien nicht mehr sehen. Grüß Beate von mir. Ich nehme an, Ihr bleibt zu Hause in eurem Garten. Ich werde ein wenig durch Süddeutschland ziehen. Wahrscheinlich bleibe ich einige Tage in einer fränkischen Weinstadt, um dort endlich zum Schreiben zu kommen. Versuchen will ich es. Herzlichst, Robert.

Diesen Brief von Robert erhielt ich ungefähr acht Tage vor den Sommerferien, aus denen er nicht mehr zurückkehrte.

8

Eines Tages bat mich Roberts Mutter, sie doch einmal zu besuchen. Sie lud mich zum Kaffee ein.

Während meines Besuches sagte die alte Dame plötzlich:

»Ich habe noch etwas für dich, Hans.« Neugierig sah ich zu ihr hin. Sie erhob sich und bedeutete mir mit einer leichten Handbewegung, das gleiche zu tun. »Komm, ich zeig dir etwas.« Sie ging zu einem Schreibtisch. Ich folgte zögernd und in bescheidenem Abstand. Sie öffnete die Schublade und forderte mich auf, mit ihr hineinzusehen. Die Schublade war bis zum Rand gefüllt mit Manuskripten und Notizheften. Ich staunte. Vor mir breitete sich Roberts Nachlaß aus: die Manuskripte eines Skriptomanen, der nie gedruckt worden war. »Ich möchte, daß du das alles an dich nimmst«, sagte Roberts Mutter in ruhigem, bestimmten Ton. »Ich weiß, daß alles bei dir gut aufgehoben ist. Du bist der einzige, zu dem er Vertrauen hatte. Er hat es mir gesagt.«

Zwei Jahre nach Wilnius' Verschwinden, zwei Monate nach meinem Besuch bei seiner Mutter, habe ich die Lektüre seiner Aufzeichnungen beendet. Obwohl mir die Mentalität meines Freundes seit vielen Jahren bekannt ist, habe ich mich mit großem Interesse durch seine Notizbücher hindurchgearbeitet.

9

Unter Roberts Notizbüchern aus seinen letzten Tübinger Tagen fand sich der folgende kurze Prosatext, der mich besonders fesselte.

In der Mitte des Platzes hatten Menschen einen ungeordneten Kreis gebildet. Vorübereilende blieben stehen, zögerten und reihten sich dann in die Gaffer ein. War ein Feuerschlucker zu sehen? Ein

Straßenclown? Von Neugierde getrieben überquerte der Fremde den Platz und stieß auf die im Kreis Umherstehenden, die auf einen Punkt oder einen Gegenstand zu sehen schienen. Zunächst konnte er nicht erkennen, um was es sich handelte. Er bahnte sich den Weg durch die Passanten, die doch, je näher er kam, in einer dichteren Reihe standen, als er zunächst vermutet hatte. Dabei stieß er den einen oder anderen unabsichtlich beiseite.

Einige Menschen wandten sich kopfschüttelnd zum Weitergehen. Er nutzte die dadurch entstandene Lücke, um sich in die vordere Reihe der Zuschauer zu begeben. Hatten seine Augen eben noch vergeblich den Gegenstand zu erkunden versucht, der die Menschen anlockte, so erschrak er um so mehr, als er ihn jetzt in kurzer Entfernung von einigen Metern vor sich sah. Es war ein Anblick, der ihn auf eine trostlose Weise erschütterte. Vor ihm drehte sich eine Frau mittleren Alters im Kreis. Sie vollführte Bewegungen, die an eine Marionette erinnerten, die an unsichtbaren Drähten gezogen wird. Wenn sie sich nicht im Kreise drehte, dann spreizte sie ihre Beine zu einem langen Schritt nach der einen oder anderen Richtung oder ging für kurze Zeit in die Hocke. Danach richtete sie sich mit einiger Mühe wieder auf und begann erneut mit einer Kreisbewegung. Einige Male torkelte sie hin und her und schien das Gleichgewicht zu verlieren. Aber sie fing sich sofort wieder, indem sie sich mit den Beinen instinktiv abstützte und sich auf diese Weise vor einem Sturz bewahrte. Offenbar befand sich die Frau im Zustand einer Trance. Sie hielt die Augen geschlossen und schien ihre Umwelt in keiner Weise mehr wahrzunehmen. Von weitem hätte man sie für betrunken halten können, bei näherem Zusehen aber waren die Symptome einer Drogenabhängigen unverkennbar. Der Fremde meinte, in den gewöhnlichen, aber weit abgewandten Zügen der Frau auf eine unheimliche Weise den Ausdruck eines Glücksgefühls zu erkennen. Für kurze Zeit, für einen Augenblick nur schien es ihm, als huschte dieser Ausdruck über ihr Gesicht, der dem nahekam, den er einmal bei einer Toten gesehen hatte, die friedlich und ohne Qual nach kurzem Kampf eingeschlafen war.

Das fahle weiße Gesicht der Frau kontrastierte zu den zerlumpten knallroten Schuhen und dem schreienden Orangeton ihres Anoraks. Ihre dünnen Beine steckten in schwarzen Leggings. Ihr tizianrot gefärbtes Haar, das in wirren Strähnen um den Kopf hing, war ihr in der Mitte des Kopfes ausgefallen und ließ dort an mehreren Stellen die blauweiße Haut durchschimmern.

Aber jetzt riß sie für einen Augenblick die Augen auf, erblickte plötzlich die umherstehenden Menschen und schrie in kreischendem Ton: »Ich hab' die Schnauze bei kleinem voll!« Sie schien die Worte zu sich selbst gesagt zu haben. Ohne eine Reaktion abzuwarten, fielen ihr sofort die Augen wieder zu. Dann versank sie wieder in Trance, so daß man kaum glauben konnte, daß aus diesem geschlossenen Mund eben noch die Worte gekommen waren.

Neben dem Fremden standen Halbwüchsige, die vor Vergnügen quietschten. Andere starrten gebannt auf die Elendsfigur wie auf einen Pausenclown zwischen Zirkusnummern. Die Frau bewegte ihre Lippen und murmelte vor sich hin, sie flüsterte Monologe. Der Ausdruck in ihrem Gesicht wandelte sich und schien Ekel, auch Traurigkeit zu zeigen. Der Fremde hörte neben sich eine Hausfrau zu einer anderen sagen: »Wenn Männer betrunken sind, ist das schlimm, aber bei Frauen ist das noch viel schlimmer.« In der Stimme der Frau klang Abscheu mit. Die andere nickte zustimmend. Dann gingen sie angewidert und kopfschüttelnd weiter.

Völlig überraschend fing die Frau an zu singen. Eine vulgäre, von Alkohol und Zigaretten rauhe Stimme krächzte vom Glück der Matrosen. Das heißt: Sie singt nicht, sondern rülpst einige Brocken von Seemannsliedern aus sich heraus. Dabei wiegt sie den Körper in den Hüften, so als gäbe sie dem Publikum eine Vorstellung. Die Umstehenden lachen, einige klatschen in die Hände. Plötzlich sackt die Frau zusammen. Die Beine knicken unter ihr ein und sie verharrt in der Hocke, den Kopf vornübergebeugt. Alles wartet gespannt, ob sie mit dem Oberkörper nach vorn fallen würde. Sie macht den Eindruck eines angeschlagenen Boxers im Ring, von dem man nicht weiß, ob er beim Auszählen des Richters neue Kräfte sammelt oder im nächsten Augenblick den Kampf aufgibt.

Während die Menschen, die alle um sie herumstehen, die Frau wie eine Aussätzige zu betrachten scheinen, zu der man Abstand halten muß, verläßt ein einzelner Mann den Kreis und geht auf sie zu. Er beobachtet ihr Bemühen, sich wieder aufzuraffen, spricht sie an. Er scheint ihr helfen zu wollen. Zur allgemeinen Verblüffung schnellt die Süchtige hoch und torkelt auf den Mann zu, um ihn am Arm zu packen. Er weicht erschrocken zurück, so daß sie ihn nur am Ärmel seines Hemdes zu fassen bekommt. Als sie ihn, einige Worte lallend, zu sich heranziehen will, wird es ihm anscheinend unheimlich zumute. Er blickt in eine zerstörte Welt aus nächster Entfernung. Verlegen lachend entwindet er sich ihrem Griff und reiht sich wieder in den Schutz der umherstehenden Bürger ein.

Wie eine aufgedrehte Puppe setzt die Frau ihren makabren Tanz fort. Aber sie wiederholt sich, ihr Repertoire scheint erschöpft. Es wird langweilig. Die Menge zerstreut sich. Eine Sensation ist nicht mehr zu erwarten. Die Süchtige hält wieder ihre Augen geschlossen, wiegt sich in den Hüften, und es entsteht der Eindruck, als würde sie inmitten der gaffenden Menschen von einer unsichtbaren Drehscheibe getragen, die in den Platz eingelassen ist. Kommt ihr der eine oder andere Passant beim Verlassen des Marktplatzes zu nahe, so öffnet sie kurz die Augen und ruft dem sich Entfernenden ein obszönes Schimpfwort nach.

Der Fremde, der mit einem Gemisch von Mitleid und Grauen der Szene beigewohnt hat, fühlt sich hilflos angesichts dieser menschlichen Ruine. Er will sich gerade abwenden, als einige Schüler im Alter von ungefähr 14 Jahren den Schauplatz betreten. Sie sind die Vorhut von kleinen Gruppen, die hintereinander gemächlich auf den Platz schlendern. Wie Terrier, die eine Katze erblicken und sie zu jagen versuchen, gehen sie neugierig mit schnellen Schritten zu viert auf die Frau zu, umringen sie lachend und fangen an, sie zu verspotten. Die Süchtige, aus ihrem Trancezustand jäh erwachend, deckt die Kinder mit einer Schimpftirade ein. Dann schreit sie plötzlich: »Verpißt euch, ihr Arschlöcher!« Es klingt wie ein Notruf. Ihr Gesicht bekommt einen gräßlichen Ausdruck und sie schleudert den Schülern mit krächzender Stimme weiter obszöne Ausdrücke entgegen. Die Jungen aber lachen der Frau höhnisch ins Gesicht und provozieren sie zu immer neuen Reaktionen. Die noch verbliebenen Menschen beobachten das Verhalten der Schüler mit Unwillen. Mit raschen Schritten und aufgeregt erscheint jetzt eine Lehrerin und treibt die Schüler, die ihren Spaß nur unwillig beenden wollen, hinweg. »Tooorsten, komm jetzt!«, ruft sie energisch einem letzten Schüler zu, der von der Frau nicht ablassen will. Ein junger Lehrer, etwa Mitte Zwanzig, vermutlich ein Referendar, der sich bei der letzten Gruppe befand, eilt der Kollegin zu Hilfe und an andere, die während der ganzen Zeit scheu Abstand hielten, gewandt, ruft er mit sanfter Stimme: »Kommt, Freunde, wir können gehen!« Die Lehrerin klatscht abschließend noch einmal in die Hände, dann ziehen alle davon.

Die Sonne ist jetzt vollständig hinter den Häusern verschwunden, der Marktplatz liegt fast ganz im Schatten. Während sich die letzten entfernen, bleibt die Süchtige zurück. Ein älterer Herr, der die ganze Zeit neben dem Fremden gestanden hat, sagt laut und deutlich, so daß alle im Umkreis es hören können: »So sieht das also aus, wenn einer Drogen nimmt.« Dann fügt er hinzu: »Das wird allen passieren, die nicht an Gott glauben.« Keiner widerspricht.

Der Fremde hatte Lust, dem Alten etwas zu erwidern, irgendetwas, das der Ansicht des anderen widersprach. Aber er blieb stumm. In einem ersten Impuls hätte er gern gesagt, daß es sich nicht gehöre, daß es anmaßend sei, das Elend der Frau nach moralischen

Kategorien beurteilen zu wollen. Er hätte gern ein wenig kommuniziert, und vielleicht hätte er den selbstgerechten Mann dazu bringen können, das Traurige, das sich da vor aller Augen abspielte, etwas milder zu beurteilen, es aus einer anderen Perspektive zu betrachten.

Etwas lähmte ihn, hinderte ihn, dem Impuls zu folgen. Ihm war, als schnürte ihm etwas die Kehle zu. Was? Hatte er sich nicht schon häufiger in einer solchen Situation befunden? Wenn ein Kollege in einer Konferenz selbstherrlich und unsensibel von der Richtigkeit seiner Meinung überzeugt war und diese mit einer Bestimmtheit vortrug, hatte er sich zurückgehalten, sich jeder Gegenrede enthalten, obwohl er die Meinung des anderen für fragwürdig gehalten hatte und von der Anmaßung des Sprechers überzeugt gewesen war.

Er wandte sich von der hilflosen Frau ab, die sich immer noch, trotz ihrer vielen Bewegungen, auf den Beinen hielt, wandte sich ab von den wenigen Menschen, die noch die Szene umstanden, und ging in entgegengesetzter Richtung davon. Das Gefühl von Unbeschwertheit, welches ihn am späten Nachmittag davongetragen hatte, war durch den Anblick dieser elenden Frau verflogen. Mit wenigen Schritten durchmaß er den Teil des Marktes, der sich vor dem Kirchenportal ausbreitete und von dem sein Weg seinen Ausgang genommen hatte. Alles gräßlich, stöhnte er. Ihn erfaßte wieder der Ekel vor den Menschen und ihrem Treiben. Die lärmenden Spiele der Kinder um ihn herum fand er jetzt fast lästig. Er blieb stehen, sah zurück auf das bunte Treiben dieser kleinen Welt, die sich da vor ihm auftat, und betrat dann kurz entschlossen noch einmal die Kirche. Ihm schien es, als könne er hier am besten seinen Gedanken nachhängen.

Seit seinem Weggang war nur eine halbe Stunde vergangen. Die Meditationsstunde war vorbei. Er war, von einigen Touristen abgesehen, die vor einem Tisch mit Ansichtskarten standen, nur noch mit wenigen Menschen zusammen, die vereinzelt und verstreut in dem Kirchenschiff saßen. Obwohl vorn alles frei war, wählte er wieder seinen Platz in einer der hinteren Bänke. Wütend war er. Das war er immer, wenn er mit dem Elend konfrontiert worden war. Aber worauf? Es war eine Wut, die sich auf jeden und alles richtete. Zunächst war er doch wütend auf sich selbst, auf den Menschen, der resigniert und sich zur Passivität verurteilt hatte. Vollzog sich nicht immer der gleiche Ablauf? Zuerst verspürte er ein Vorwärts, einen Impuls, der ihn nach vorn trieb, in ein Tun hinein, das er für notwendig hielt. Dann kam sofort die Zurücknahme, das Sichverweigern. Aber woher kam sie, diese mächtige negative Gegenbewegung, der er nicht widerstehen konnte? Woher? Er wußte es doch. Hatte er denn nicht in langer Selbsterforschung eine Antwort gefunden? Zwar hatte er gezweifelt, ob es die richtige sei. Doch dann, irgendwann einmal, war ihm diese Antwort als die einzig mögliche erschienen. Eine Antwort, die im Grunde eigentlich gar keine war. Als Ursache hatte er eine Stimme erkannt, die aus dem Innersten seines Wesens kam und die ihm immer, wenn er couragiert sprechen, wenn er sich für etwas engagieren wollte, zuflüsterte: Es ist doch alles sinnlos.

Er konnte diese innere Stimme nicht zum Schweigen bringen. Er hatte es versucht, aber sie hatte etwas Fundamentales. Kannten sie denn die anderen Menschen auch? Und wenn ja, wie wurden sie mit ihr fertig? Ich will nicht schon wieder darüber grübeln, sagte er sich, nicht heute. Die eine Antwort zieht eine neue Frage nach sich. Endlos geht es weiter. Und er erinnerte sich an seine Studienzeit, überhaupt an vergangene Zeiten, in denen er sich in endlose Diskussionen und Streitgespräche hatte verwickeln lassen. Und alle hatten sie Sartre gelesen, und sie redeten in wohlgeformten Sätzen über den europäischen Nihilismus und seine Varianten. Viele waren sehr belesen und konnten über seine religiöse und ethische Ausprägung Vorträge halten. Und während andere sich in einen wahren intellektuellen Rausch hineinredeten und mit eitlen Gesten ihren vermeintlichen Tiefsinn zur

Schau stellten, kroch in ihm eine Angst hoch, von der die beflissenen Kommilitonen anscheinend nichts spürten. Eine Angst, die sie nicht mit ihm gemein hatten. Woher rührte diese Angst? Es schien ihm immer, als stünden die anderen neben dem, was sie vertraten. Von dieser Angst, die wie ein kaltes Gespenst an ihm hochkroch, ging eine lähmende Wirkung aus. Schluß, ich will nichts davon wissen!, rief es plötzlich in ihm wie zu seinem Schutz.

Er wollte sich gerade von seinem Platz erheben, als ein junger, solide gekleideter Mann, den er vorher nicht bemerkt hatte, auf ihn zusteuerte. Er kam aber nicht ganz zu ihm heran, sondern blieb am Ende der Bankreihe stehen. »Entschuldigen Sie«, sagte er freundlich, »aber die Kirche wird geschlossen.« Der Fremde sah plötzlich, daß er noch als einziger im Kirchenschiff zurückgeblieben war.

Während er sich zum Portal zurückbegab, ging der junge Mann mit schnellen Schritten auf eine Anzahl ebenfalls junger Menschen zu, welche die Kirche in diesem Augenblick betraten und nun in kleinen Gruppen zu dritt oder viert beieinanderstanden. Sie erinnerten ein wenig an Besucher, die im Foyer eines Theaters auf Einlaß warteten. Es waren Männer und Frauen, die verhalten miteinander sprachen. Die meisten hatten fröhliche Gesichter. Sie wirkten gepflegt und bürgerlich, waren gut gekleidet, die Männer sauber rasiert. Zwei der jungen Mädchen hatten einen Geigenkasten unter dem Arm, ihr Haar war zu einem Knoten im Nacken zusammengebunden. Einige äußerten ihr fröhliches Wesen in einem besonders strahlenden Lächeln, das sie aber nur schweigend demonstrierten. Der Fremde verstand nicht, warum für ihn die Kirche geschlossen werden sollte, während die jungen Leute gerade gekommen zu sein schienen und keinerlei Anstalten machten, mit ihm hinauszugehen. Jetzt sah er auch den jungen Mann wieder, den er für einen jungen Küster gehalten hatte. Er hielt einen Schlüssel in der Hand, wohl in der Absicht, die Kirche von innen abzuschließen. Immer noch freundlich, aber schon etwas ungeduldig wartete er auf den

Fremden, um ihn hinauszulassen. Er hatte das Portal jedoch bereits verschlossen, steckte den Schlüssel noch einmal ins Schloß, um das Tor für ihn erneut zu öffnen. Als der Fremde ihn beim Hinausgehen verwundert ansah, sagte er: »Wir sind von der Gemeinde Sankt Ägidius. Die Kirche ist jetzt nur noch für uns geöffnet. Wir kommen hier zusammen, um unser Sonntagabendgebet zu sprechen.« Mit diesen Worten fiel das Portal hinter dem Fremden zu. Er hörte noch deutlich, wie sich der Schlüssel im Schloß drehte. (Ende des Wilnius-Textes).

10

Wilnius war von dem Gedanken, ein Schriftsteller zu sein, so besessen, daß er auch jetzt jede spärlich beleuchtete Ecke der nächtlichen Stadt genutzt hätte, um seine Gedanken schriftlich festzuhalten. Schließlich gehörte es zu seinem literarischen Selbstverständnis, nicht nur am Schreibtisch zu arbeiten, sondern sich gerade in einsamer Nacht inspirieren zu lassen. Seinem romantischen Lebensgefühl entsprach es, diejenigen seiner Gedanken für besonders wertvoll zu halten, die ihm in einer lauen Sommernacht unter einem klaren Sternenhimmel bei Vollmond kamen. Zu seiner Entschuldigung muß ich, Hans Urweider, der ich einem möglichen Leser meinen langjährigen Freund nahezubringen versuche, immerhin sagen, daß er, wenn von mir darauf angesprochen, das auch zugab und dieses Lebensgefühl zu ironisieren vermochte. Aber ich bin nicht sicher, ob er nicht aus Furcht, für sentimental gehalten zu werden – was er nach eigenen Worten verabscheute –, den Menschen, der ironisch zu sich auf Distanz ging, nur spielte und in der Tiefe seines Wesens das in ihm vorherrschende Lebensgefühl, mit dem er alles poetisch zu verklären suchte, durchaus bejahte.

Aus einer Vielzahl von Gedichten, die mir vorliegen, habe ich die drei folgenden ausgewählt.

Mittag im Süden
Glühende Plätze
von schattigen Platanen gesäumt
die Kühle der Schiffe
verloren im Steinwald
der drohenden Kathedrale
Die Sonne brennt
die Straßen leer
Bäume stehen verwaist
im Flimmern der heißen Luft
Der Tod
als Enge und Stillstand
Fremd der Altar
in seinen leuchtenden Farben
Die Pose der Architektur
Die Mystik der Räume
verfremdet die Botschaft
Menschen
hinter Fensterläden verkrochen
Wer kennt mich
und die anderen?
Manche träumen vielleicht
von ferner Küste
vom Meer
träumen wie Gefangene
von nicht gekannter Freiheit
Sie kennen die Angst
die peinigt und flüstert:
Du versäumst

Die mächtigen Schiffe
unter deren Gewölbe
wir Zuflucht suchen
Sie kennen mich nicht
ahnen nichts
von ständiger Flucht
aus der Glut
eines südlichen Mittags
der auf den Plätzen triumphiert
Die Stille das bunte Glas
mit seinen Erzählungen
aus ferner Zeit ...
Wenn doch nur eine Orgel spielte
die mich täuschte
mit gläubiger Musik

Erinnerung an Hörnum 1
Juliabend und Regen
schwere Wolken warmer kräftiger Wind
der nach Meer und Gischt schmeckt
Um mich herum ist alles leer
Pfützen auf dem Asphalt
Bäume sind nicht da
Nur Gräser krümmen sich
selbst das harte Heidekraut
es scheint zu frieren
Die See ist aufgewühlt wie häufig
sie tobt und brüllt
drängt an den schmalen Strand
kämpft ihren Kampf der ewig ist
Fern hinter der letzten Düne
das rotierende Blinken des Leuchtturms

In den niedrigen Häusern
am Rande des Deiches
gehen die Lichter aus
Der Himmel ist immer noch schwarz
Plötzlich ein kurzer Regenschauer
er fällt heftig und dicht
schlägt ins Gesicht –
ein Peitschenhieb der nicht schmerzt
eher willkommen ist
Dann wieder die tosende Brandung
Fahnenmasten klirren irgendwo
Stricke schlagen gegen das Holz
Im Kasino leuchtet noch Licht
Aber die Musik hallt nicht mehr
Kasernen Kasernen aus dem Krieg
sie treten mir entgegen als stumme Zeugen
Vorhöfe des Todes für viele –
graue Klötze angetreten in Reih und Glied
die Fenster zerborsten
über jedem Eingang ein Buchstabe
Das Mädchen mit dem ich tanzte
den ganzen langen Abend
das Mädchen das ich im Dunkeln küßte –
es ist schon längst verschwunden
Wenn es je einen Krieg gab –
Wir wußten es nicht als wir uns küßten

Erinnerung an Hörnum 2
Wir verlassen das Tanzhaus
tauchen ins nächtliche Dunkel
Hinter uns verloren erleuchtete Scheiben
Das Kasino mit wenigen Menschen

die sich in Nischen verkriechen
Musik hallt uns nach
zerstört vom Toben des Meeres
Eine einzige Melodie noch:
ein Vergessen für immer
Schwarze Wolken sternenlos der Himmel
Regenschauer peitschen das Gesicht
befreien von innerer Starre
Hinter den Dünen die wenigen Lichter
Der Leuchtturm sendet wie immer
Blinkkegel in die Ferne
Die gleichen Intervalle
Mich fröstelt
Der Pfad auf dem ich gehe
Vor kurzem ging sie noch neben mir

Das ständige Gefühl, etwas Wesentliches im Leben noch nicht gefunden zu haben, erzeugt eine Unruhe, treibt mich weiter und weiter. Es ist das bittere Gefühl, das Leben entweder hinter sich oder noch vor sich zu haben. In beiden Fällen begleitet mich die Angst, etwas versäumt zu haben oder in Zukunft etwas versäumen zu können. Nur im Schreiben finde ich ein Ventil für meine Unrast. Wenn ich schreibe, habe ich das Gefühl, im Augenblick wirklich zu leben.

Seit zwei Jahren trinke ich sehr stark. Was meinen Weinkonsum angeht, so weiß ich, daß ich einen Tiefpunkt erreicht habe. Aber der Wein bleibt mein einziger Freund. Es gibt Stunden, in denen ich von einer Apathie befallen werde, die alle lebendigen Gefühle in mir abtötet. Dann gibt es Zeiten, in denen ich von einer Gereiztheit heimgesucht werde, begleitet von der Furcht, bei geringstem Anlaß gewalttätig gegen andere werden zu können. Es bleibt aber bei der Furcht. Ich erinnere mich nicht, jemals gewalttätig geworden zu sein.

Aber die Spannung wächst in mir so sehr, daß ich die seltsamsten

Gewalttaten als Möglichkeiten in meinem Kopf durchspiele. Die Apathie zeigt sich in einer inneren Starre, die mich erfaßt.

Manchmal beherrscht mich das Gefühl, auf eine schmierig-klebrige Weise innerlich schmutzig zu sein. Ich sehne mich, ehrlich zu sein. Besser: ehrlich sein zu können. Nur einmal total ehrlich sein können. Zu allen, zu mir selber. Woher weiß ich zum Beispiel, daß ich mich nicht ständig belüge? Und wenn ich mich belüge, belüge ich dann nicht auch andere, alle, denen ich begegne? Ich spüre, wie mich Verlogenheit gefangen hält. Da empfinde ich Ekel vor mir selbst, vor allen, auch Haß gegen alles. Wie soll es weitergehen?

11

In einem Brief, den mein Freund Robert vor seinem Verschwinden an mich schrieb, erzählte er von einem Kollegen, den er zufällig in einer Weinstube kennengelernt habe.

Weinselig hätten sie ihre beruflichen Erfahrungen ausgetauscht. Dabei habe sich herausgestellt, daß der Mann das gleiche Alkoholproblem gehabt habe wie mein Freund.

Besonders komisch habe Robert das Geständnis des Kollegen gefunden, er sei nach seiner Pensionierung Schriftsteller geworden. Nach vielen Enttäuschungen im Schulbetrieb habe der Mann – ähnlich wie Robert – im Schreiben sein Selbstvertrauen wiederzufinden gehofft.

Diese Briefnotiz hat mich, Hans Urweider, gereizt, mir eine Szene auszumalen, in der Freund Robert und sein durstiger Tischnachbar ein längeres Gespräch führen.

Die Beschäftigung mit Wilnius' Tagebüchern hat mich dazu verleitet, der Phantasie freien Lauf zu lassen. Das habe ich nicht zu verhindern vermocht. Sein trauriges Verschwinden war mir ein willkommener Anlaß, mich selbst auch einmal im Schreiben zu versuchen.

Er hatte es eilig, in sein Weinlokal und unter Menschen zu kommen. Dort würde er in Kürze bei einem guten Silvaner weiterschreiben. Vielleicht würde ihm Besseres einfallen als das, was er eben geschrieben hatte. Er steckte sein Notizheft in die Tasche. Von einer Kirchenuhr schlug es neun.

Ob das Lokal sehr besucht sein würde? Sein Platz besetzt? Ein Kellner grüßte ihn, als er zielstrebig durch die ihm vertrauten Räume schritt. Er atmete auf: Sein Tisch vom ersten Abend, an dem nur zwei Personen Platz finden konnten, war frei geblieben. Nur an diesem Tisch konnte er sich vor dem Geschwätz der anderen sicher fühlen. Hier nur konnte er schreiben. Der zweite Platz würde sicher frei bleiben, wenn nicht noch eine einzelne Person hinzukäme.

Die Geselligkeit der anderen Gäste bestand wieder aus drei oder mehreren Personen, die heute abend alle auffallend laut und ungeniert miteinander redeten. Wilnius fühlte sich in seiner Isoliertheit wohl. Heute abend besonders. Er wollte feiern. Das konnte er am besten mit sich allein. Außerdem sollte es morgen weitergehen. Er hatte sich noch auf so vieles zu besinnen. Nichts käme ihm ungelegener als von einem Gast, mit dem er zufällig an einem Tisch sitzen müßte, in ein Gespräch gezogen zu werden.

Es war sehr laut im Raum, und der Kellner ließ sich nicht blicken. Wilnius wurde unruhig. Wenn der ahnte, wie ich mich auf den Wein freue ... wie ich ihn entbehre ... Wo bleibt der gute Mann? Ach, da steht er. Er schaut nicht zu mir hin. Er weiß doch, daß ich gekommen bin. Er müßte doch einmal im Raum umherblicken. Gott, ist der langweilig. So ist der doch sonst nicht. Ich lechze nach Wein, und der sieht und hört nichts. Ob ich einmal rufe? Was macht er denn? Unterhält sich ausgiebig mit einem Ehepaar. Unerhört! Hier sitzt einer und verdurstet. Rufen liegt mir nicht. Ah, er trennt sich von den Leuten. Was macht er jetzt? Er sieht immer noch nicht in meine Richtung, schreitet statt dessen wie ein gütiger Vater zwischen den Gästen umher. Guckt, ob alle versorgt, zufrieden sind. Will er mich absichtlich ärgern? Jetzt wiegt er den Kopf nach allen Seiten und lächelt. Gleich stehe ich auf und gehe zu ihm hin. Na endlich, jetzt hat er mich gesehen, lächelt, gibt mir ein Zeichen. Gott sei Dank, er kommt.

Kurz darauf nahm er gierig einen gewaltigen Schluck und einen zweiten hinterher. Der erste Schoppen ging zur Neige. Ein Wohlgefühl durchströmte ihn. Er war mit sich zufrieden. Kurze Zeit später bestellte er das zweite Glas, als gälte es, die Zeit, die er beim Konzert verloren hatte, wieder einzuholen. Er winkte dem Keller; der kam, lief, brachte. Jetzt konnte er sich Zeit lassen. Er nahm sein Notizbuch sorgfältig aus der Tasche, dann seinen Stift und legte beides schon vor sich auf den kleinen Tisch, lehnte sich im Stuhl zurück und wartete auf die ersten Gedanken, die ihm wert schienen, festgehalten zu werden. Hatte er sich noch vorhin auf der Straße kaum des Reichtums seiner Gedanken zu erwehren vermocht, so wartete er jetzt vergeblich auf eine Inspiration. Auch der Wein trug nicht dazu bei, seinen Kopf mit Feuer zu versorgen. Er führte das auf die besondere Lautstärke zurück, die im Raum herrschte. Wie angenehm war es an seinem ersten Abend gewesen, wie wohltuend an dem zweiten. Interessante Menschen hatte er an beiden Abenden beobachten können. Heute schienen sich nur einfache, wenn nicht gar primitive Leute in seiner Nähe aufzuhalten.

In seiner unmittelbaren Nähe saßen drei Personen, zwei Männer und eine Frau, die laut redeten, ohne Rücksicht auf andere Gäste zu nehmen. Es waren nicht viele Worte, die gesprochen wurden, aber die Lautstärke, mit der sie redeten, zwang Wilnius zum Mithören.

Die Frau zu ihrem Gegenüber: »Mein Mann schenkt mir eine Fußballkarte fürs Stadion, zum Geburtstag. Aber ich interessiere

mich überhaupt nicht für Fußball, nicht einmal für seinen Verein.«
Der Mann: »Sechs zu null gegen Karlsruhe.« Die Frau: »Ich habe
mich für Fußball noch nie interessiert.« Er: »Sechs zu null gegen
Karlsruhe.« Die Stimme des Mannes klang stark angetrunken. Sie:
»Seine gute Stimmung war mir vor allem wichtig. Es war ja warm
an dem Tage. Aber ich mußte schon einmal bei fünf Grad minus
mit einer Wolldecke im Stadion sitzen. Er wollte unbedingt, daß ich
mitkomme.« Er: »Zwei zu null gegen Nürnberg.« Sie: »Er behält alle
Ergebnisse. Nach Jahren weiß er sie noch auswendig.«

Der Mann, zu dem die Frau sprach und der nicht zu den beiden zu
gehören schien, wandte sich an den Betrunkenen, fragte: »Haben Sie
außer Fußball noch ein Hobby? Oder eine Leidenschaft?« »Ja. Drei
Leidenschaften hab' i.« »Drei? Und welche?« »Familie, Fußball, An-
geln.« »Fußball nehmen wir raus, das hat Ihre Frau schon genannt.«
Nach einer Pause sagte die Frau lachend: »Eine Leidenschaft hat er
noch: Weißwurst essen.« »Ja, aber mehr fällt mir dann auch nicht
ein«, sagte der mit der angetrunkenen Stimme.

Wilnius hätte sich am liebsten die Ohren zugehalten. Wie gut, daß
dies mein letzter Abend in diesem Lokal ist.

Der Geschäftsführer kommt, wendet sich nach allen Seiten,
begrüßt die Gäste, verbeugt sich dabei leicht, indem er ohne Hast
seinen Oberkörper in einen stumpfen Winkel zu seinen Beinen
bringt. Er hat heute ein weiches, rosiges Gesicht. Dann setzt er sich
einen Augenblick zu Leuten, die er persönlich zu kennen scheint,
um mit ihnen zu plaudern.

Wilnius wartet inzwischen immer noch auf die Eingebung guter
Gedankengänge. Als ihm nichts einfällt, blättert er, um eine Anregung zu bekommen, in seinem Notizbuch zurück und liest ältere
Aufzeichnungen – etwas, das er selten macht. Er liest, was er vor
einem Jahr in diesem Lokal an diesem Tisch geschrieben hat:

Ich habe Angst, in einen Sog gerissen zu werden, aus dem ich
mich nicht mehr befreien kann. Dieser Sog geht von Laster und

Gewohnheit aus. Wer in den Sog gerät, dem scheint jeder moralische Versuch, dem Laster zu widerstehen, nicht mehr helfen zu können. In den Strudel des Sogs gerissen, erlahmt schließlich der Wille sich zu wehren. Totale Gleichgültigkeit erfüllt ihn. Es ist der Zustand, der dem eines in Gefahr geratenen Schwimmers ähnelt. Nachdem er von einer Woge in das offene Meer hinausgetrieben worden war und sich lange gegen den Tod durch Ertrinken gewehrt hatte, merkt er, daß seine Kräfte nachlassen und die Kraft des Meeres ihm überlegen ist. Sie zieht ihn trotz seines verzweifelten Bemühens immer weiter ins Offene hinaus. Bei zunehmender Müdigkeit bäumt sich nur noch gelegentlich sein Überlebenswille gegen die Übermacht des Elementes auf. Doch dann ergibt er sich. Ich habe diesen Zustand noch nicht erreicht. Aber ich habe Angst, daß ich eines vielleicht schon sehr nahen Tages in ihn hineingezogen werden könnte. Kann ich mich noch retten? In meinem gegenwärtigen Zustand sollte es noch gelingen. Schon kommt mir der Gedanke: Ist es vielleicht besser, einfach dahinzudämmern? Sollte ich das winzige, belanglose Etwas, das unser Dasein ist, nicht besser ins Nichts zurückfallen lassen, anstatt mich in der Absurdität dieser Welt behaupten zu wollen? Was wird aus mir? Werden mich die immer höher über mir zusammenschlagenden Wellen weiter hinaustreiben und jede Rückkehr ans sichere Gestade unmöglich machen?

Wilnius erschrak. Das habe ich also vor einem Jahr geschrieben, durchzuckte es ihn. Er konnte nicht lächeln über das, was er gerade gelesen hatte. Er hatte es vor einem Jahr geschrieben, und es war ein Eingeständnis seines Alkoholproblems gewesen. Er hatte es während der letzten Jahre immer beiseite geschoben. Jetzt, in dem Augenblick, wo er seinen Text las und schon fast sein zweites Glas in kürzester Zeit und unkontrolliert getrunken hatte, wurde ihm blitzartig wieder klar, in welcher Gefahr er sich befand. Hatte sich sein Weinkonsum nicht noch gesteigert seit einem Jahr? War er nicht jetzt schon in der Situation eines Schwimmers im offenen Meer, der nicht mehr die Kraft hatte, ans rettende Ufer zurückzufinden? Ich will nichts davon wissen. Heute nicht, nicht an einem Abend, an dem es mir relativ gut geht. Ich werde das Problem anpacken. Noch habe ich Kräfte, es für mich lösen zu können.

Während er noch zu dem alten Herrn hinübersah, standen, ohne daß er sie hatte kommen sehen, zwei Personen neben seinem Tisch und verstellten ihm die Sicht in den Raum. Die drei Personen, deren Gespräch nur Fußball zum Inhalt hatte, waren inzwischen aufgestanden. Sie waren gerade dabei, den Raum zu verlassen, und Wilnius hatte es beruhigt registriert. Nun wurde er erneut von Personen bedrängt, die sich nicht scheuten, fast seinen kleinen Tisch zu berühren. Aber einer von ihnen war der Kellner, der einen neuen Gast mitgebracht hatte und höflich fragte: »Darf sich der Herr noch zu Ihnen setzen?« Es war nur eine rhetorische Frage. Denn ohne Wilnius' Einwilligung abzuwarten, wandte er sich dem Herrn zu, der hinter ihm stand, und sagte: »Bitte, der Platz ist noch frei.« Wilnius, der verblüfft war, deutete eine zustimmende Geste an. Sie wurde aber übersehen. Der neue Gast nahm Platz, grüßte Wilnius kurz und vertiefte sich in die Speisekarte, die ihm der Kellner gereicht hatte. Wilnius, noch ein wenig verwirrt über den Überfall, der ihn aus seiner Isolation gerissen hatte, warf seinem Gegenüber einen kurzen Blick zu. Dieser hatte so selbstverständlich Platz genommen, als säße er allein am Tisch und sei nicht in das Revier eines anderen eingedrungen. Das berührte Wilnius unsympathisch. Nein, er mochte den Mann nicht, der da so selbstbewußt ihm gegenübersaß an dem kleinen Tisch, den er doch als Schriftsteller zum Schreiben gebraucht hätte. Wäre er bloß schon beim Schreiben gewesen. Der Kellner wäre nicht auf die dreiste Idee gekommen, noch einen anderen an seinen Tisch zu manövrieren. Es war kein junger, aber auch kein alter Herr, der ihm gegenüber die Speisekarte studierte. Er mochte ein Endfünfziger, vielleicht auch schon sechzig Jahre alt sein. Ich werde mich nicht um ihn kümmern, entschied Wilnius für sich. Ich werde mich verhalten, als säße ich allein am Tisch.

Jetzt sah der Mann von seiner Karte auf, rief den Kellner mit Namen. »Herr Schulz!«, rief er in einem jovialen, aber bestimmten Ton. Es war laut genug, um den Kellner, der etwas entfernt stand, mit der Stimme zu erreichen. Dieser blickte auf, hob den Kopf, den er einem anderen Gast zugewendet hatte, und sah mit fragendem Gesicht zu dem neuen Gast und Wilnius hinüber. »Bringen Sie mir nur einen Achtel. Ein Viertel wird mir zu viel.« »Ein Achtel«, wiederholte der Kellner, »geht in Ordnung.«

Als sein Gegenüber von der Karte aufsah, hatte Wilnius ein weiches, aber intelligentes Gesicht gesehen. Durch eine kleine Brille mit hellem Rahmen blitzten wache Augen. Zwei Falten zogen sich von den Wangen zu den Mundwinkeln hinab. Trotz des genußfreudigen Mundes mit seinen auffallend breiten Lippen machte die Erscheinung des Herrn einen sensiblen, kultivierten Eindruck. Der Mann, dem alles Asketisch-Hagere abging, schien sowohl den sinnlichen als auch den geistigen Genüssen des Lebens zugeneigt zu sein.

Kurz darauf nahm er das Glas mit dem Achtel Wein zur Hand, zögerte aber, es an den Mund zu führen, wartete noch. Sein Gesicht bekam freundliche Züge. Er blickte zu Wilnius hinüber, lächelte und sagte, indem er ihm das Glas ein wenig entgegenstreckte: »Zum Wohl!« Wilnius beeilte sich, seinerseits sein Glas zu heben, das schon fast ausgetrunken war, und erwiderte den Wunsch. Der neue Gast nippte nur, nahm einen kleinen Schluck, während Wilnius die Gelegenheit benutzte, sein Glas zu leeren. Dazu bedurfte es allerdings keines kräftigen Zuges mehr. Sein Gegenüber schien ihn zu beobachten. Er setzte sein Glas gleich wieder ab und legte seine Stirn in Falten. In einem auffallenden Gegensatz zu der sonst noch glatten Haut war diese von Quer- und Längsfalten durchzogen. Es schien, als sei dieser Teil des Kopfes vor der Zeit gealtert, während die untere Partie noch Spuren von jugendlicher Frische aufwies. Die Stirn war die eines Siebzigjährigen, der untere Teil des Gesichtes ließ eher auf einen Fünfzigjährigen schließen. »Ihnen scheint der Wein zu schmecken«, sagte die klare Stimme. Jedes Gespräch beginnt hier beim Wein, dachte Wilnius. »Ja, aber nur in diesem Lokal«, erwiderte er. »Sicher, der ist hier sehr gut. Eigenbau. Die besten Lagen. Und der tüchtige Kellermeister, den sie hier haben.« Wilnius seufzte unhörbar. Mußte sich schon wieder alles um Wein drehen? Wie bekam er den Sprung zu einem anderen Thema? Er dachte an das interessante Gespräch, das er vor langer Zeit mit einem Geistlichen geführt hatte. Sollte etwas Ähnliches nicht noch einmal gelingen? Dann hätte er doch wenigstens das Gefühl, einen Ersatz für die verlorene Zeit, die er heute gern zum Schreiben benutzt hätte, gefunden zu haben.

»Man trinkt nur zu viel«, warf er ein. »Das kenne ich. Aber jetzt reite ich den Teufel, hoffe, nicht wieder von ihm geritten zu werden.« Der Mann betonte jeweils die Worte »ich« und »ihm«. Wilnius sah überrascht auf. Wiesen diese Worte nicht dunkel in die Richtung, in der seine eigenen Probleme lagen? Er dachte an seinen Text, den er wieder gelesen hatte, und an sein Weinproblem, das er vor sich herschob. Und wie jeder, der sich in Gefahr wähnt, hatte er das Bedürfnis, mit einem anderen darüber zu sprechen. »Was meinen Sie denn mit dem Teufel?« »Na, doch was Sie eben sagten. Man trinkt zu viel. Zunächst nur bei besonderen Anlässen, dann jeden Tag. Zumindest an jedem Tag, an dem man sich frustriert fühlt, wie es heute so schön heißt.«

Der Mann schien gesprächig. Wilnius wollte die Gelegenheit nutzen, um über dessen Weinproblem etwas zu erfahren. Es konnte nützlich sein. Der Mann ihm gegenüber war älter als er und hatte sicher seine Erfahrungen. »Und der Teufel Wein hat Sie geritten?« »Ja, ich war ständig unzufrieden mit mir und der Welt.« »Das bin ich ja auch«, warf Wilnius ein. »Na, sehen Sie. Das sind heute die

meisten. Aus den verschiedensten Gründen allerdings.« »Auf wie
viel Gläser kommen Sie denn jeden Tag?«, wollte Wilnius wissen.
Er merkte an der Bereitwilligkeit, mit der sein Gegenüber über das
Thema sprach, daß auch bei diesem ein Bedürfnis bestand, sich darüber auszusprechen. »Ich begann mit zwei Gläsern. Und dann gab
es düstere Stunden, und die bekämpfte ich schon mit einer ganzen
Flasche.« Der Mann unterbrach seine Rede, als wollte er noch ein
wenig mit seinen Gedanken bei der düsteren Zeit verweilen. Wilnius nutzte die Gelegenheit, um sich selbst und seinen Zustand ins
Gespräch zu bringen. »Ich komme mindestens auf eine Flasche pro
Tag«, bekannte er stolz und freimütig. Sein Gegenüber ging nicht
darauf ein. Dessen Miene hatte sich verfinstert. Er schien mit sich
selbst beschäftigt. »Aber es blieb nicht bei der einen Flasche«, fuhr
der Mann fort, »die düsteren Stunden häuften sich.« »Schließlich
bestand das Leben dann nur noch aus düsteren Stunden«, ergänzte
Wilnius lachend im Gefühl einer Solidarität. Dort drüben schien
ein Bruder im Geiste zu sitzen. »Ja, so weit kam es. Ich landete bei
zwei Flaschen.« »Jeden Tag?« »Jeden Tag.« Es entstand eine Pause.
»Ich habe immer den Rausch gesucht ...«, kam es nach einer Weile
leise von den Lippen des Mannes. »Den brauche ich ja auch hin und
wieder«, wollte sich Wilnius ins Spiel bringen. Der Ältere schien
das zu überhören. Mit großer Überzeugung in der Stimme fuhr er
fort, und es klang, als spräche ein weises Orakel: »Das Wichtigste
im Leben ist der Rausch. Nur in ihm verwandeln wir uns. Alles
andere im Leben zählt nicht. Es ist schal und öde. Der Wein ist ein
Gott, der uns diesen Zustand ermöglicht.«

Wilnius traute seinen Ohren nicht. Das klang ja fast hymnisch.
Recht hatte der Mann. Sein Herz jubelte. Jetzt fand er sein Gegenüber über alle Maßen sympathisch. Er wollte etwas über die
Liebe sagen, auf witzige Weise, versteht sich. Gehörte sie nicht
auch im besten Falle zu den großen Rauschzuständen, die er doch
heimlich immer suchte und für die man gern bereit war, eine

Unzahl von grauen Alltagen einzutauschen? Aber die Liebe wäre ein neues Thema gewesen. Er besann sich auf seinen Text, den er im Notizbuch wiederentdeckt hatte, der ihm gefallen und ihn doch zugleich so stark beunruhigt hatte. Um seinem älteren Gegenüber nicht nachzustehen, um ihn vielleicht auf sich und seine Probleme aufmerksam zu machen, wollte er einfach aus seinen Notizen zitieren.

»Das Weintrinken«, sagte er in feierlichem Ton, wobei er das Gewicht seiner heimlichen Not mitschwingen lassen wollte, »gleicht einem Schwimmen ins offene Meer hinaus. Mit jedem sich steigernden Weinkonsum entfernt man sich weiter vom rettenden Ufer.« »Ein treffendes Bild«, nickte der Mann. »Und was soll Ihr rettendes Ufer symbolisieren?« »Na, Geborgenheit, Angstlosigkeit, Energie, einen sicheren Boden, ein maßvolles Umgehen mit ...« »Schön. Und was ist, wenn man sich eines Tages zu weit vom Ufer entfernt hat?« »Dann treibt man ziellos und hilflos auf dem Meer umher, immer begleitet von der Angst zu ertrinken.« Der Mann machte große Augen und stöhnte. Wilnius fuhr fort: »Es bedarf einiger glücklicher Umstände, um die Rückkehr noch zu schaffen. Vorausgesetzt, es ist noch ein Rest an Überlebenswillen vorhanden.«

Beide schwiegen. »Ich bin schon einmal ertrunken«, sagte der andere plötzlich. Er sagte es still, ohne pathetischen Unterton. Wilnius guckte ungläubig. Sein Gegenüber lächelte. »Sie verstehen nicht, was ich meine, nicht wahr?« Er wechselte den Ton. Es klang jetzt fast schelmisch: »Sie wundern sich, daß ich behaupte, ertrunken zu sein, und doch hier noch vor Ihnen sitze.« »Ein bißchen schon. Aber Sie meinen das natürlich in einem bildlichen Sinn.« »Natürlich. Es klingt paradox, aber man kann im Leben einmal ertrinken und doch noch das rettende Ufer, wie Sie es nennen, erreichen.« Er räusperte sich. »Ich will nicht länger in Rätseln sprechen. Ich habe von den zwei Flaschen nicht lassen können ...« »Täglich?«, fragte Wilnius noch einmal mit großem Interesse in der Stimme, obwohl er es schon gehört hatte. Aber die erneute Bestätigung war ihm wichtig. »Ja, täglich. Manchmal wurden es auch drei. Aber selten. Ich aß fast nichts mehr, trank nur noch Wein. Ich rutschte immer weiter hinein, ohne wieder herausfinden zu können. Ich war Ihr verzweifelter Schwimmer, dem die Kraft für den Rückweg schwindet. Aber was Sie schon andeuteten ... Zuerst ist man vielleicht verzweifelt, in der ersten Zeit zumindest. Man kämpft mit sich. Aber eines Tages hört das auf. Eine süße Gleichgültigkeit tritt an die Stelle. Man hat aufgegeben. Und an die Stelle des ersten Rausches, von dem man sich vielleicht ein neues, gesteigertes Lebensgefühl versprach, tritt ein zweiter Rausch. Der alkoholische wird sozusagen abgelöst von einem anderen.« »Hat man keine Todesangst?«, wollte Wilnius wissen. »Eben nicht. Das ist die süße Gleichgültigkeit, von der ich sprach. Todesangst hat man nur so lange, wie man kämpft, verstehen Sie? Sie geht zurück, wird immer schwächer. So habe ich es von einem Schiffbrüchigen gehört, der lange im Meer trieb und in letzter Minute gerettet wurde.« Wilnius nickte. Der Mann fuhr fort: »Und diese Todesangst wird abgelöst – zumindest habe ich das auch so erlebt – durch eine Art Todesrausch. Der Zustand des Totseins, vielleicht besser: die Lust am Sterben erscheint einem als der letzte große Rausch, der endlich die ersehnte Ruhe bringt.«

Der Mann schwieg. Er hob sein Glas und es wirkte fast zynisch, als er Wilnius jetzt zuprostete. Und da beider Gläser leer waren, ließen sie sich diese vom Kellner wie zum Hohn über das Gespräch wieder auffüllen.

»Ich bin eine Art Schwimmer gewesen, der nicht im Wasser, sondern im Wein ertrunken ist. Von keinem physischen Beinahe-ertrunken-Sein ist die Rede, sondern von einem bürgerlichen Tod. In meinem bürgerlichen Beruf bin ich ertrunken.« »Jetzt verstehe ich doch nicht ganz, was Sie meinen. Sie sagten vorhin einmal, Sie seien in der Lage, den Teufel Wein zu reiten, nicht umgekehrt. Wie haben Sie das gemeint? Hat das damit zu tun, daß Sie jetzt, statt an einem Tage drei Flaschen in sich hineinzugießen, sich mit einem Achtel begnügen und den auch noch langsam und in kleinen Schlucken zu genießen verstehen?«

Der Mann setzte eine gewichtige Miene auf. Er schien sich zu freuen, in Wilnius jemand gefunden zu haben, der ihn anhören wollte, der sich für ihn interessierte. »Ich will versuchen, Ihre Fragen zu beantworten«, sagte er und betonte langsam jedes Wort. Es klang, als täte er damit Wilnius einen Gefallen und nicht sich selbst. Aber Wilnius war nicht nur höflich, sondern wirklich neugierig geworden. Wenn er schon nicht selbst monologisieren und schreiben konnte, dann wollte er wenigstens einem anderen zuhören. Außerdem schien der Fall, der sich ihm darbot, ganz interessant zu sein. Vermutlich lohnte sich das Zuhören. So hatte er es immer gehalten.

»Daß ich nicht bei einem Achtel bleibe, das sehen Sie ja jetzt.« Mit der leicht geöffneten Hand wies er auf ein zweites Glas, das ein Viertele enthielt. »In meinem bürgerlichen Beruf bin ich ertrunken, sagte ich eben. Das bin ich wirklich. Und ich habe es vielleicht sogar gewollt.« Er holte tief Atem. »Ich bin früher Lehrer gewesen«, sagte er. Es klang wie ein Stöhnen.

Wilnius war überrascht. Aber stärker war der Widerwille, der sich in ihm rührte, als sich der Mann ihm auf so freimütige Weise offenbarte. Er hielt es für besser, sich nicht als Kollege erkennen zu geben. Am wohlsten hatte er sich immer in der Anonymität gefühlt. Sie gab ihm das sichere Gefühl, in einem Versteck zu sein, unkenntlich für Menschen, von denen er nicht wußte, was er von ihnen zu erwarten habe. Gefragt, welchem Beruf er nachginge, hätte er heute vielleicht nicht gelogen. Aber wenn die direkte Frage unterblieb, dann machte er sich einen Spaß daraus, sich anderen in den verschiedensten Berufen zu präsentieren: als Jurist, als Arzt, aber auch als Reisender, der Krawatten an den Mann zu bringen versucht. Manchmal war es höchst opportun, seine Identität zu verbergen. Auf diese Weise konnte man seinen Gesprächspartner zu einem unbefangeneren Reden veranlassen. Denn aus Erfahrung wußte er, daß die meisten Menschen mit dem Beruf, den sie selbst nicht ausüben, eine Klischeevorstellung verbinden. Und war nicht der Lehrerberuf davon besonders betroffen?

Sich zu verstellen, war ihm außerdem eine Lust. In jungen Jahren hatte er gern bei direkter Befragung mit einer falschen Berufsbezeichnung geantwortet. Er hatte auch bei sich feststellen können, daß er sich selbst ungehemmter im Gespräch mit anderen äußerte, wenn er in eine angenommene Rolle hineingeschlüpft war, sie perfekt zu spielen versuchte, indem er sich bemühte, sie mit Phantasie auszufüllen, und auf diese Weise andere zum Narren hielt. Dieses Spiel hatte ihm eine Sicherheit gegeben, die er bei einem offenen Bekenntnis zu seinem Beruf nie erfahren hätte.

Als der Tischnachbar sich ihm jetzt offenbarte, ließ er sich seine Überraschung nicht anmerken. »Ein sicher interessanter Beruf«, bemerkte er beiläufig. »Ich kenne viele Lehrer.« »Ich mochte nicht mehr. Ich habe mich vorzeitig pensionieren lassen. Früher hatte ich einmal Freude an meinem Beruf. Aber dann ...« Seine Miene verdüsterte sich. »Es machte einfach keinen Spaß mehr.« »Ihnen«, betonte Wilnius, »machte es keinen Spaß mehr.« Er wollte den Kollegen herausfordern. »Na gut, mir nicht.« Für einen Augenblick bekam sein Gesicht einen verbitterten Ausdruck. »Aber ich kenne viele, denen es genauso erging«, sagte er auffallend laut. »Ich meine natürlich: die ähnlich enttäuscht sind wie ich.« »Ich bin nicht so sicher, ob es nicht doch noch Lehrer gibt, die gern mit jungen Menschen zusammen sind und an ihrer pädagogischen Tätigkeit Freude haben«, sagte Wilnius nicht ohne Heuchelei. »Das mag sein«, antwortete der Mann kurz und machte eine abwertende Handbewegung. Er schien davon nichts wissen zu wollen. »Ich will ganz offen zu Ihnen sein. Mir haben die Schüler übel mitgespielt. Ich hatte meine Frau früh verloren, sie war erst 52 Jahre alt. Und das kam so plötzlich.

Ich war innerlich nicht vorbereitet. Ich fühlte mich völlig hilflos. Ja, und dann ...« Das hörte sich schlimm an, und Wilnius war taktvoll genug, den Mann nicht durch eine unpassende Bemerkung zu kränken. »... dann«, fuhr er fort, »wurde ich haltlos. Sie wissen schon, was ich meine. Ich habe mich dem Trunk ergeben, dem Teufel Alkohol.« »Sie fühlten sich sicher einsam«, ergänzte Wilnius die Ausführungen des Mannes und gab sich Mühe, in seine Worte einen teilnahmsvollen Ton hineinzubringen. »Ja, auch. Aber wenn Sie zwei oder drei Flaschen am Tag trinken, dann kann der beste Lehrer nicht mehr unterrichten. In jedem anderen Beruf finden Sie Kollegen, die das tolerieren. In der Schule hat mich keiner verstehen wollen. Befreundete Kollegen wandten sich von mir ab. Ich galt bei Schülern und Kollegen als der notorische Säufer.« »Hat man Ihnen denn die drei Flaschen angemerkt?«, fragte Wilnius. »Ich habe weder gelallt noch gestottert, wenn Sie das meinen.« »An diese Symptome habe ich eigentlich nicht gedacht.« »Natürlich spricht sich in einer kleineren Stadt wie dieser schnell herum, wenn ein Lehrer jeden Abend angetrunken aus den Weinstuben kommt. Man sieht, man tuschelt. Hier kann sich keiner verstecken.« »Haben Sie denn morgens schon vor dem Unterricht getrunken?« In Wilnius lag etwas auf der Lauer, das gespannt auf die Antwort wartete. Hatte er nicht selbst ausgedehnte Zechtouren unternommen, als ihn seine Freundin verlassen hatte? Zuerst hatte er noch zu Hause getrunken. Dann, als die Nacht alle Katzen grau werden ließ, war er im Schutz der Dunkelheit bis spät durch die Straßen seiner Heimatstadt gezogen, hatte beim Betreten einer Gaststätte ängstlich umhergespäht, ob er nicht Schüleraugen begegnen würde. Oft war er spät nachts nach Hause gekommen. Aber er hatte nie morgens vor dem Unterricht getrunken, selbst während seiner depressivsten Phasen nicht. Ging es nicht bei dem, was der Mann erzählte, auch um ihn selbst?

»Ich habe vor dem Unterricht getrunken, ich muß es zugeben. Ich sah auch irgendwann ein, daß ich nicht mehr tragbar war. Man verspielt als Lehrer seine Autorität. Keiner toleriert, wenn man Kummer hat.« »Kummer wohl schon, aber nicht den Versuch, ihn auf diese Weise betäuben zu wollen«, warf Wilnius ein. Zugleich kam er sich dabei schulmeisterlich vor. »Man riet mir, mich pensionieren zu lassen. Ich habe es schließlich getan. Heute weiß ich: Es war das beste, was ich tun konnte. Aber ich habe mich zuerst hartnäckig gewehrt.« »Warum?« »Sehen Sie, ich war immer ein guter Lehrer gewesen. Ich wurde von allen geachtet. Jetzt, nachdem ich diesen Tiefpunkt erreicht hatte, empfand ich so etwas wie Schande. Vielleicht ist mir ein zu großes Ehrgefühl eigen. Und wenn das verletzt wird ... Ich schämte mich einfach. Ich wollte einen solchen Abgang nicht.« »Was taten Sie?« »Zunächst einmal riet man mir zu einer Entziehung. Bei einer erfolgreichen Therapie wollte man mir eine Planstelle in einer anderen Stadt anbieten. Ich bitte Sie! Ich sollte in meinem Alter noch die Stadt wechseln, in der ich aufgewachsen war.« »Aber warum wollte man Sie nicht nach erfolgreicher Behandlung Ihrer Krankheit nur eine Schule innerhalb der Stadt wechseln lassen? Wollten Sie denn nicht an eine andere Schule in dieser Stadt?« »Es gab nichts, was ich lieber getan hätte. Aber man wollte nicht. In meinem eigenen Interesse, wie man mir mitteilte.« »In Ihrem eigenen Interesse?« »Ja. Erkennen Sie das Infame? Man glaubte, mein Ruf sei schon so sehr ruiniert, daß er mich an jeder Schule im Stadtbezirk einholen würde.« »Aber Sie leben doch nicht hier in einer Kleinstadt, in der jeder jeden kennt. Sie waren an einem Gymnasium beschäftigt?« »Ja.« »Ich nehme doch an«, sagte Wilnius, »es gibt mehrere Gymnasien in dieser Stadt.« »Natürlich. Und wenn mich der Ruf eines Trunkenboldes durch die ganze Stadt begleitete, dann müßten mich ja auch hier im Raum heute alle Leute kennen und mit dem Finger auf mich zeigen.« Er drehte seinen Oberkörper in verschiedene Richtungen, machte mit seinem rechten Arm eine ausladende Geste nach allen Seiten. »Sehen Sie die Leute über mich reden? Flüstern sie, tuscheln sie? Glauben Sie mir: Man würde es vielleicht nicht hören, aber sehen würde man es. Ihre Blicke, die sie von Zeit zu Zeit auf mich richteten, würden sie verraten.« »Keiner spricht hier über Sie. Vermutlich kennt Sie auch niemand hier.« Der pensionierte Lehrer lachte. Es war ein kurzes, bitteres Lachen. »Na also. In der ersten Zeit nach meiner Pensionierung bildete ich mir das ein. Ich sah die Leute überall über mich reden. Je mehr ich trank, um so stärker bildete ich mir das ein. Ich glaubte schon, vom Wahn eines ständigen Verfolgtseins befallen zu sein.« Er lächelte schmerzlich. »Daß meine Karriere so zu Ende gehen mußte ...« »Aber heute sind Sie doch – so wie Sie da vor mir sitzen – ein anderer Mensch«, versuchte Wilnius zu trösten. »Man merkt Ihnen den Kummer zumindest äußerlich nicht an. Sind Sie jetzt ausgeglichener?«

Der Lehrer sah Wilnius plötzlich fest an. »Bitte, sagen Sie mir: Langweilt Sie das nicht, was ich Ihnen erzähle? Ich lasse Sie kaum zu Wort kommen und breite vor Ihnen fast meine ganze Lebensgeschichte aus.« Wilnius wußte nicht, was er darauf sagen sollte. Er suchte nach Worten, die keine Verlegenheit zwischen ihnen beiden aufkommen lassen sollten. »Ich höre Ihnen gern zu«, sagte er nur. Mehr fiel ihm nicht ein. Der Lehrer hob sein Glas, sie stießen miteinander an. »Ich muß mich entschuldigen, wenn ich so viel rede, und immer nur von mir.« Dann, nach einem Schluck Wein, sagte er: »Ich bin immer allein, habe oft tagelang keine Gelegenheit, mit jemandem zu sprechen. Da freut man sich, wenn man mal mit einem Menschen ins Gespräch kommt. Ich sollte besser sagen: wenn man einem netten Menschen wie Sie es sind von sich erzählen darf.« Er blickte Wilnius ins Gesicht, ein flüchtiges Lächeln umspielte seine vollen Lippen. »Wenn Sie so wollen, junger Mann, dann nutze ich Sie aus.« Das sollte auf kokette Weise übertrieben klingen. Dann schien er sich einen Ruck zu geben und fragte: »Was machen Sie eigentlich?« Jetzt zwingt er sich aus Höflichkeit zu einer Frage, die Interesse für mich bekunden soll, dachte Wilnius. Seine Verlegenheit war groß. Er wollte den Mann nicht belügen, der so freimütig von sich und seinem Schicksal erzählt hatte. Auf der einen Seite drängte es ihn, sich dem Alten mitzuteilen. Sein Bedürfnis, mit einem Fremden über sich und seine Probleme zu sprechen, war immer groß gewesen. Es setzte Vertrauen zu dem Unbekannten voraus, und dieses hatte er zu seinem Gegenüber gewonnen. Außerdem würde er ihn nie wiedersehen. Auf der anderen Seite packte ihn seine alte Lust, anderen gegenüber anonym zu bleiben, seine Identität nicht preiszugeben.

Noch bevor er etwas erwidern konnte, sagte der Lehrer: »Wir haben nichts mehr zu trinken, wie ich sehe. Warten Sie, das nächste Glas geht auf meine Rechnung.« Er blickte in den Raum und winkte dem Kellner. »Herr Schulz!« Kellner Schulz kam sofort. Der ehemalige Lehrer wandte sich kurz an Wilnius, bevor er bestellte. »Sie trinken weiter den Silvaner?« Wilnius nickte. Er entschied sich, dem Alten nicht zu sagen, daß er auch Lehrer sei. Nach den freimütigen Bekenntnissen seines Kollegen fand er es einerseits beschämend, auf ein anderes Gleis auszuweichen und einen anderen Beruf vorzuschieben. Andererseits hielt er es nicht für nötig, sich zu erkennen zu geben, da der Pensionär an ihm, an Wilnius, nicht sehr interessiert schien. Nach dessen eigenen Worten war es ihm ja ein Bedürfnis, vor allem über sich selbst zu reden.

Bevor der Mann seine Frage wiederholen konnte, versuchte er, dessen Interesse abzulenken. »Haben Sie getrunken, bevor Ihre Frau starb?« Die Frage schien vergessen, die er an Wilnius gestellt hatte. Es war deutlich zu spüren, wie dankbar sein Gegenüber war, wieder über sich sprechen zu können. »Ja, aber nicht so exzessiv. Das begann erst nach dem Tode meiner Frau.« »Ich meine, man hat Sie kalt und unmenschlich behandelt. Schließlich ist Alkoholabhängigkeit doch keine Schande, vielmehr eine Krankheit.« »Das ist auch meine Ansicht. Aber man hat mich so behandelt, daß ich mich stigmatisiert fühlen mußte. Man wollte mich los werden. Ich nehme einen langen

Abschied vom Lehrerberuf. Es ist ein Abschied, der nur in mir, in meinem Inneren vollzogen wird. Man kann nicht einfach zweiunddreißig Jahre von heute auf morgen abschneiden.« »Sind Sie verbittert?« »Damals war ich es. Heute bin ich es nicht mehr. Ich habe in äußerer Hinsicht keinen Abschied genommen. Man lud mich zu einer kleinen Feier ein, ich lehnte ab. Ich habe keinem die Hand gereicht. Ich bin lautlos und von keinem bemerkt gleichsam aus einer Seitenpforte davongegangen. Hinaus in das Alleinsein.« »Sie haben Stolz gezeigt«, entfuhr es Wilnius. Eigentlich wollte er dieses große Wort nicht benutzen. »Stolz? Nein, so würde ich das nicht nennen. Es war eher Trotz, gemischt mit ein wenig Verachtung. Sehen Sie, der eine geht im Einvernehmen, ein anderer im Zorn. Wieder einer verschwindet einfach, ohne sich seinen Groll anmerken zu lassen. In meinem Fall war der Groll, den ich empfand, ein schon lange schwelender Groll. Er wurde von keinem bemerkt, weil ich allen in der Maske des Liebenswürdigen und Freundlichen begegnete. Keiner konnte ahnen, was sich hinter dieser Maske verbarg. Ich ließ mir auch die Enttäuschung über die ungerechte Behandlung am Ende nicht anmerken.« »Sie sind doch ein stolzer Mann«, beharrte Wilnius. »Na gut, wenn Sie es unbedingt so nennen wollen. Aber meine Gefühle waren sehr unterschiedlich, sehr gemischt.« Er dachte nach. »Wenn es Stolz war, dann ein sehr äußerer Stolz. Enttäuschung und Groll waren die vorherrschenden Emotionen.« Dann blickten seine Augen an Wilnius vorbei ins Leere. Er schwieg einen Augenblick. Plötzlich beugte er sich ein wenig vor und flüsterte, wobei er den Kopf senkte: »Es war noch viel schlimmer. Ich war verzweifelt und wollte sterben.«

Im Hintergrund des Raumes ließ sich eine dröhnende Stimme vernehmen, die irgendein Mißfallen ausdrückte. Irgendwo an einem der Tische lachte eine Frau schrill auf. Es störte sie beide nicht.

Wilnius schwieg verlegen. Nach einer Weile hörte er den Pensionär sagen: »Ich sagte Ihnen doch schon, daß ich in meinem Leben immer den Rausch gesucht habe. Ist nicht der Tod auch eine Art Rausch? Der letzte, der wahre, den man sucht? Wissen Sie noch, was Sie vorhin vom Ertrinken sagten? Ich litt dermaßen unter einem gekränkten Ehrgefühl, unter der Wahnvorstellung, alle Kollegen und Schüler würden mit Fingern auf mich zeigen ... hinter meinem Rücken, versteht sich.« Er hielt inne. Seine dicken sinnenfrohen Lippen wurden schmaler. Wilnius erschrak, als er den Mann so reden hörte. Er mußte etwas sagen. »Ich kann mir vorstellen, wie Ihnen zumute war«, warf er ein, nur um etwas zu bemerken. »Ich glaube nicht, daß Sie sich das vorstellen können«, sagte der Mann entschieden. »Wahrscheinlich kann es keiner. Oder nur jemand, der in einer ähnlichen Situation war. Vergessen Sie nicht, daß ich in einer leeren Wohnung saß. Mit meiner Frau konnte ich gute Gespräche führen. Aber der Platz, wo sie immer saß und mich immer aufmunterte, wenn ich mal Ärger in der Schule hatte, war leer.« »Hatten Sie keine Freunde, mit denen Sie sprechen konnten?« Der Mann lachte kurz auf. »Freunde?!«, knirschte er und machte eine wegwerfende Handbewegung. »Freunde können Sie vergessen. Das ist ein Kapitel für sich. Ein sehr trübes.« Ohne das Kapitel aber weiter auszubreiten, sagte er: »Das Totsein erschien mir in meiner seelischen Verfassung als das größte Glück.« Er blickte Wilnius ins Gesicht. »Das größte Glück«, wiederholte er, »ist vielleicht nicht der richtige Ausdruck. Mir erging es wie dem Schwimmer, der nicht mehr kämpfen, sich einfach ohne Angst mit dem Element vereinigen möchte. Er gibt auf. Schluß! Aus! Köstlich! Was in ihm vorgeht, läßt sich wohl kaum mit Worten bezeichnen. Er ist nicht eigentlich glücklich, eher ein angenehmes Gefühl von Müdigkeit beherrscht ihn. Eine Art Hingabe, ein Einverständnis ohne Angst. Seine Verfassung kann man auch nicht als heiter bezeichnen. Er sagt einfach ja zu einer Macht, die stärker ist und der er sich anvertrauen möchte.« »Was hat Sie gehindert, sich ganz aufzugeben?« »Wahrscheinlich doch Feigheit. Wenn mich jemand gestoßen hätte ... sagen wir: von Bord eines Schiffes ins Meer, ich hätte mich wohl nicht gewehrt. Aber ich muß ja, um den letzten Schritt zu tun, noch aktiv sein. Und dazu war ich nicht in der Lage.«

Herr Schulz kam. »Haben die Herren noch einen Wunsch von der Küche?« Der Pensionär schüttelte den Kopf. »Kleine kalte Gerichte können Sie auch noch später bestellen«, ergänzte der Kellner. »Ich bekomme vom Wein Appetit«, sagte Wilnius und bestellte für sich ein Wurstbrot.

Der Lehrer schien sich durch das Erscheinen des Kellners nicht ablenken lassen zu wollen. Entgegen seinem früheren Verhalten hatte er fast mechanisch den Kopf geschüttelt und eine unwillige Miene aufgesetzt. »Es hat mich noch etwas ganz anderes gerettet. Aber obwohl es etwas Positives ist, spreche ich darüber weniger gern als über meine Krise und die Beschäftigung mit dem Todesgedanken. Ich empfinde geradezu eine Hemmung, über das zu reden, was mir entscheidend half, die Krise zu überwinden.«

Wilnius wurde wieder neugierig. Er hatte den Eindruck, der Mann wollte, was er meinte, unbedingt noch zur Sprache bringen. Er schien ein wenig zu kokettieren in der Hoffnung, sein geduldiger Zuhörer würde mit Nachfragen insistieren. Aber bevor Wilnius nachfragen konnte, ging diesem selbst die eigene Schule durch den Kopf.

Könnte ihm das alles auch passieren? Er war nie in die Versuchung gekommen, morgens vor dem Unterricht zu trinken. Auch an seiner Schule hatte es einen Fall gegeben. Einen Kollegen, der wegen seiner Haltlosigkeit versetzt worden war. Wegen Trunkenheit am Steuer war er von einem Gericht verurteilt worden. Ein Disziplinarverfahren hatte sich angeschlossen. Auch dieser Kollege hatte Kummer gehabt. Nach der Trennung von Marianne war ihm, Wilnius, abends die Weinflasche zum Halt geworden. Auf diese Weise hatte er sein Alleinsein zu betäuben versucht. Aufgrund seiner Erziehung hatte er jedoch eine gewaltige Angst, öffentlich aufzufallen, sich eine Blöße zu geben. Diese Angst bewahrte ihn vor Eskapaden und würde ihn wohl auch in Zukunft bewahren.

Aber wer konnte mit Sicherheit von sich sagen, er werde nie in eine derartige Situation geraten? Und mochten ihn nicht die Schüler? Die meisten wenigstens. Er hatte keinen Spitznamen wie einige Kollegen. Spitznamen, die boshaft klangen. Einmal hatte ein kleiner Schüler, der ihn von weitem kommen sah, in die Klasse gerufen: Papa Wilnius kommt! Das hatte fast liebevoll in seinen Ohren geklungen. Er hatte sich gefreut.

Der Pensionär tat ihm leid. Es war schon nützlich, wenn er heute abend von sich absah und dem alten Lehrer weiter zuhörte.

»Die Kollegen lächelten, wenn sie mich morgens ins Lehrerzimmer kommen sahen. Es war so ein verdächtig verständnisvolles Lächeln. Es ging von allen zugleich aus.« Der alte Lehrer flüsterte diese Worte. Er schien sie nicht zu Wilnius, sondern nur zu sich selbst gesagt zu haben. Er fuhr fort: »Sie fragten, ob ich schon vor dem Tod meiner Frau getrunken habe. Ich war mit mir und meinem Beruf schon seit langem unzufrieden. Ich hatte schon einen inneren Abschied genommen, bevor ich den äußeren erhielt. Den inneren Abschied begleitete meine Trunksucht. Aber sie war nicht bekannt geworden. Ich ließ mir nichts anmerken. Ich trank stärker mit der Zeit. Daraus erwuchsen mir äußerlich Probleme. Sie waren dann nur der Anlaß, den längst begonnenen inneren Abschied auch formal zu vollziehen.«

Wilnius brauchte sich keinen Ruck mehr zu geben. Plötzlich sagte er, als sein Gegenüber seine Rede für einen Augenblick unterbrach: »Wir sind übrigens Kollegen.« Der Mann schien nicht erstaunt. Er lächelte unmerklich und sagte: »Das habe ich gewußt.« »Wieso gewußt?« »Na, ich habe es zumindest geahnt. Das Interesse, das Sie während meines Erzählens bekundeten ... Ich weiß nicht, aber man denkt: Der ist auch von deiner Zunft.«

Der Pensionär erkundigte sich, aus welcher Stadt sein jüngerer Kollege komme, an welcher Schulart er unterrichte und welche Fächer er habe. Aber das schien ihn nicht wirklich zu interessieren.

Es entsprach dem Gebot der Höflichkeit. Wilnius erkannte in dem Älteren jemanden, der sich vom Leben tief verletzt fühlte, der aus einer offenen Wunde blutete, weil ihm nach einer langen Berufszeit die Anerkennung versagt, Gerechtigkeit nicht zuteil geworden war. Aber die kalte Neugier, die der Alte in ihm durch sein Erzählen geweckt hatte, überwog die Anteilnahme an dessen beruflichem und persönlichem Schicksal. Noch bevor der andere in seiner Schilderung fortfuhr, besann er sich auf eine Äußerung des Aristoteles, der behauptet hatte, es gebe kein Mitleid. Hinter dem Anschein des Mitleids verberge sich die Angst des Menschen, einmal selbst an der Stelle des Betroffenen zu stehen. Wilnius hatte diesen Gedanken immer abgelehnt. Er war ihm nicht menschlich genug erschienen. Nun ertappte er sich bei dem Gedanken, dem griechischen Philosophen recht geben zu müssen. Lebte nicht auch in ihm die heimliche Angst, einmal irgendwann in späteren Jahren in einer ähnlichen Situation wie der alte Lehrer sein zu können? War das denn so ausgeschlossen? Hatte er nicht schon selbst oft gespürt, wie der Boden unter ihm ins Wanken geriet, wie ihm die Kollegen im Lehrerzimmer fremd erschienen, wie die Gesichter der Schüler die blutrünstigen Fratzen von Raubtieren annahmen? Wie oft hatte er nicht schon einen Kollegen oder eine Kollegin weinend und verzweifelt aus einem Klassenzimmer laufen sehen? Und war es ihm dann nicht so vorgekommen, als würden die anderen, die Starken, die Robusten unter den Kollegen, welche noch Autorität besaßen, mit Genuß und Schadenfreude zuhören, wenn sich die anderen, die Hilflosen, Schwächeren mit ihrem Kummer an sie wandten. Er hatte sich vorstellen können, was in den Kollegen vor sich ging. Selbstgerecht hatte sicher so mancher zu sich gesagt: Wie gut, daß ich nicht in der Situation des hilflosen Kollegen bin, den jeden Morgen die Angst begleitet, wenn er die eine oder andere Klasse betreten muß. Man soll es eben nicht so weit kommen lassen; man darf die Zügel nicht aus der Hand geben. Übrigens: Von welcher Klasse, von welchen aufsässigen Schülern hatte der Kollege eben berichtet? Merkwürdig. Ich kann nicht klagen, ich komme doch gut mit diesen Schülern zurecht. Und der bezeichnete Schüler, der sich besonders unangenehm hervorgetan haben soll, das ist doch ein netter Bursche; ich habe ein gutes Verhältnis zu ihm. Es liegt doch immer am einzelnen Kollegen, wie sich die Schüler verhalten. Und an einer geschickten Pädagogik. Vor allem an dieser.

Die Gesten, die kurzen Kommentare, das Mienenspiel – alles hatte Wilnius in seinem Gefühl bestärkt, daß viele seiner Kollegen so dachten. Aber er selbst fühlte sich frei von diesen Regungen. Oder doch nicht? Er hatte zumindest nicht nur mitleidig gelächelt, sondern einer Kollegin, die fast jeden Tag mit ihren Nerven am Ende schien, gut zugeredet. Aber war nicht auch Angst auf seiner Seite im Spiel gewesen? Die Angst, daß auch er aufgrund einer Schwäche, einer Reizbarkeit vielleicht, auch des Älterwerdens, eines Tages ebenso verzweifelt vor den anderen Kollegen stehen würde? Erfüllt von dem Bedürfnis, bei denen Zuspruch und Hilfe zu finden, die nicht bereit waren, Hilfe zu geben? Würde er auch eines Tages die Notbremse ziehen müssen, wie es im Kollegium hieß, wenn ein hilfloser, seiner Autorität beraubter Kollege zum Schulleiter lief, um von ihm tätige Hilfe zu erhalten? Diese Hilfe konnte natürlich nur darin bestehen, daß der Schulleiter den Kollegen auf seinem Weg zur Klasse begleitete, sich, bevor dieser mit seinem Unterricht wieder begann, vor der Klasse aufbaute und einige ermahnende Worte sprach. Das alles dokumentierte in Wilnius' Augen die Unfähigkeit des betreffenden Kollegen und stieß diesen gerade dadurch, daß der Schulleiter sich für ihn einsetzen mußte, in einen noch größeren Autoritätsverlust hinab.

Nach kurzer Klischee-Ermahnung und einem Appell an die Fairneß der Schüler, auch natürlich an ihre Einsicht, daß sie am Ende die Dummen seien, wenn sie nichts lernten, verließ der Direktor, hoch befriedigt, mit dem Gefühl, eine gewichtige Persönlichkeit zu sein, eine moralische Instanz gleichsam, die alles in der Hand halte, die man mit Recht zu Hilfe gerufen hatte, das Klassenzimmer, um in sein Schulleiterzimmer im Erdgeschoß zurückzukehren. Hier wiegte er sich in dem Gefühl, gut mit den Schülern auskommen zu können. Er hatte den Eindruck, sie mochten ihn; gerade bei einem solchen Anlaß. Er spürte das Vertrauen, das sie ihm alle entgegenbrachten. Das hatte sich gerade eben erst wieder gezeigt. Sicher, zu streng durfte man nicht sein. Ein wenig Augenzwinkern mit den kleinen Wilden mußte schon dabei sein, wenn er solche Appelle an sie richtete. Schließlich wollte er ein beliebter Schulleiter bleiben. Und das war ja vor allem aus pädagogischen Gründen sehr wichtig. Vor allem aus pädagogischen Gründen ...

Der Lehrer blieb allein zurück, hoffte auf ein baldiges Ende der Stunde, atmete auf, wenn nichts Besonderes mehr vorfiel, lebte weiter von einem Tag zum anderen in der Hoffnung, noch eine Zeit ungeschoren davonzukommen, bis der Tanz von neuem begann.

Er, Wilnius, gehörte nicht zu den bedauernswerten Lehrergeschöpfen, die von Mal zu Mal mehr an Autorität einbüßten; die mit dem Fluch auch noch fertig werden mußten, daß ein Versagen in der einen Klasse sich bei den anderen, ja in der ganzen Schule herumsprach und so zum Multiplikator wurde. Am Ende ersehnte ein solcher Kollege, nervenzerrüttet, den Vorruhestand. Während seines bisherigen Berufslebens waren es nicht sehr viele, aber doch einige gewesen, die dieses Lehrerschicksal ereilt hatte. Und eine ständige bohrende Angst, nicht auch das gleiche erleiden zu müssen, hatte ihn vor allzu großer Milde gegenüber Schülern bewahrt. Er hatte sich entschlossen, die Rolle eines zwar freundlichen, sich um Gerechtigkeit bemühenden, aber strengen Lehrers zu spielen, der nichts durchgehen ließ. So war er bisher gut durchgekommen. Ging es nicht auch um ihn selbst, wenn er jetzt mit einer gewissen Spannung auf eine Fortsetzung des Berichtes wartete?

Sein gequältes Gegenüber brütete seit einiger Zeit vor sich hin.

Plötzlich leerte er mit einem einzigen Schluck sein Glas. Dann blickte er zu Wilnius auf und schien von ihm die Starterlaubnis zur Fortsetzung seines Berichtes einholen zu wollen. Er machte ein Gesicht, als brenne er darauf, seinem jungen Kollegen noch mehr mitteilen zu dürfen.

»Brandt ist mein Name«, sagte er, beugte sich vor und senkte freundlich den Kopf. Wilnius nannte den seinen, und Kollege Brandt ergänzte: »Ich freue mich, in Ihnen einen so interessanten Gesprächspartner gefunden zu haben; das Glück habe ich lange nicht gehabt. Und dazu noch einen Insider, der so freundlich ist, mir geduldig zuzuhören.« »Mich interessiert, was Sie erlebt haben«, sagte Wilnius ruhig. »Es gibt sicher ähnliche Probleme heute, an allen Schulen.« »Sicher. Sie sind noch jünger, ich schätze, so Anfang bis Mitte vierzig. Ja, stimmt das? Ich bin ein Lehrer vom alten Schlag. So nannten mich wenigstens die Jüngeren bei uns. Das ist ja auch verständlich, wenn man Mitte fünfzig ist, oder? Mit den Jüngeren meine ich diejenigen, die noch jünger sind als Sie, Mitte dreißig. Ein tolles Alter für einen Lehrer. Aber es gibt heute keine Kontinuität mehr zwischen den Lehrergenerationen. Das war früher anders. Wir wollten auch modern sein, aber wir übernahmen von den Alten, was wir für richtig hielten. Wir hatten Respekt vor den Erfahrenen. Das ist heute vorbei.«

Seine Rede wurde unterbrochen durch ein Wurstbrot, das der Kellner brachte. Und da ihrer beiden Gläser wieder leer waren, sagte Wilnius: »Jetzt bin ich an der Reihe, die nächsten Schoppen gehen auf meine Rechnung.« Der Alte protestierte nicht und Wilnius bestellte den Wein.

Der Alte schwieg und wartete geduldig, bis Wilnius ein Stück von seinem Brot verzehrt hatte. Wilnius seinerseits wollte nicht, daß die Ausführungen des Kollegen noch länger unterbrochen wurden. Er sagte: »Was mich besonders interessiert: Sie sprachen von einem inneren Abschied, der dem äußeren lange vorausging. Wenn ich

Sie bitte, das fortzuführen, dann geschieht das auch aus Eigennutz. Vielleicht kann ich aus Ihrer Geschichte lernen und mich vor einem ähnlichen Schicksal bewahren.«

Der Alte schien erfreut; er hatte darauf gewartet.

Neben ihnen wurde eine Frau, die gerade angekommen war, von einem Mann überschwenglich begrüßt. Der Kollege Brandt wartete, bis die Szene vorüber war.

»Mein Verhalten gegen Schüler änderte sich, als ich über fünfzig war. Ich war vielleicht immer etwas streng gewesen. Ich habe mir nichts gefallen lassen aus Angst, man würde mir bei zu großer Milde auf der Nase herumtanzen. Ich hatte das noch aus meiner eigenen Schulzeit in Erinnerung und war gewarnt. Die fand noch in der Weimarer Republik statt. Aber unsere Lehrer, von Ausnahmen abgesehen, hatten nichts zu lachen, wenn sie milde und nett waren. Nur die strengen konnten sich auf Dauer durchsetzen und ihren Lehrauftrag erfüllen. ›Geier‹ – für einen Lehrer mit endlos langem Hals, stechenden Augen und vorspringendem Adamsapfel – und ›Troddel‹ – für einen, der immer müde und langweilig war, von dem die Schüler behaupteten, wenn er sich mal verspätete, er sei jetzt schon auf der Treppe, auf dem Weg zur Klasse eingeschlafen. Das waren noch die mildesten Ausdrücke. Übrigens: Später, während meiner Referendarzeit, erfuhr ich, daß der besagte ›Troddel‹ als Soldat im Ersten Weltkrieg schwer verletzt worden war, dann im Lazarett gelegen hatte und bei einem anderen Frontabschnitt verschüttet worden war. Er soll später unter gräßlichen Schlafstörungen gelitten haben. Nur mit schweren Medikamenten soll er sich nach dem Krieg noch ein wenig Schlaf verschafft haben. Wir Schüler wußten natürlich nichts davon und maßen das Verhalten des Lehrers, dem wir Respekt entgegenbringen sollten, an unserer eigenen Vitalität.« »Richtig«, sagte Wilnius, »aber sehen Sie, das ist nun doch ein Fortschritt heute. Meine Lehrer nach dem Zweiten Weltkrieg erzählten aus ihrem Leben. Wir verstanden sie besser

in ihrem Verhalten, nahmen Anteil, verstanden ihre Schwächen.«
Kollege Brandt hörte nicht zu; er war ganz bei sich. »Ich sagte, mein
Verhalten gegenüber Schülern änderte sich. Ich sage ganz offen: Es
geschah gegen meine Überzeugung. Ich gab die Strenge auf, resi-
gnierte vor dem Zeitgeist. Ich sagte zum Beispiel ganz jovial: Leute,
ihr solltet ein Kapitel zu morgen lesen. Geht das? Genehmigt? Ich
sagte das natürlich nicht ohne Ironie, und viele in der Oberstufe
hörten diesen Ton heraus. Aber ich ertappte mich dabei, besonders
permissiv sein zu wollen. Vielleicht spielte auch ein gewisser Zynismus mit, der sich in mir mit zunehmendem Ekelgefühl aufgebaut
hatte. Und warum verhielt ich mich so?«

Er blickte Wilnius an, als habe er einen Schüler vor sich, der
examiniert werden sollte. Dieser fühlte sich als Schüler, als er den
Blick des Alten mit gespielter Eindringlichkeit auf sich gerichtet
sah. Durch den eindringlichen Blick fühlte er sich herausgefordert.
Mit scheuem Lächeln im Gesicht sagte er: »Ich weiß es nicht. Ich
kenne Ihre ehemaligen Schüler nicht.« Der Alte nippte an seinem
Glas.

»Um mich nicht zu isolieren ... Verstehen Sie? Um mich nicht zu
isolieren ...« Er sprach jedes einzelne Wort langsam und betont.
»Um mich nicht zu isolieren, machte ich den Hätschelkult der anderen mit. Die meisten Kollegen der jüngeren Generation strebten
danach, von den Schülern geliebt zu werden. Ich frage mich, wie
es zu dieser Mode kam. Als wir junge Lehrer waren – ich meine
jetzt mich und meine Generation –, da dachten wir nicht zunächst
vor allem daran, wie wir die Schüler dazu bringen könnten, uns
zu mögen. Wir wollten in erster Linie geachtet sein aufgrund einer
natürlichen Autorität. Der weniger gute Lehrer gewann Respekt
aufgrund seines Amtes, der bessere dadurch, daß er dem Schüler durch seine fachliche Kompetenz Achtung abnötigte. Wenn er
menschlich war und die Schüler merkten, daß er sich zumindest um
Gerechtigkeit bemühte, dann kam es nicht selten vor, daß sie ihn

auch mochten: ein Ziel, das nicht von Lehrern direkt angestrebt, aber doch sehr bejaht wurde. Jetzt wählen viele den direkten Weg und spüren nicht, wie unpädagogisch sie sich dabei verhalten. Um nur ein beliebter Lehrer zu sein – eine Vorstellung, in der sich viele sonnen wollen –, sieht mancher Kollege den Schülern alles nach. Schulleiter nehme ich nicht aus. Ich übertreibe nicht, wenn ich sage: Unser Schulleiter umwarb die Schüler. Wenn es dann gar nicht mehr ging und Gefahr bestand, sich vor den älteren Kollegen, auch vor den Schülern, die intelligent genug waren, das zu durchschauen und auszunutzen verstanden, lächerlich zu machen, dann spielte unser Chef für kurze Zeit den Entschiedenen, der nun zeigen wollte, daß er das durchzusetzen vermochte, was ihm pädagogisch für wichtig erscheine. Diese seltenen Augenblicke gerieten dann in den Geruch einer Alibifunktion. Aber das erkannten nur noch wenige.«

»Sie haßten ihren Schulleiter?«, fragte Wilnius, nur um zu zeigen, daß er dem Bericht des Alten interessiert gefolgt war.

Wilnius wollte es sich nicht eingestehen, aber er wußte schon seit einer Stunde: Sein Interesse an dem Bericht des Kollegen hatte nicht so sehr seinen Grund in der Furcht vor einer möglichen ähnlichen Zukunft als vielmehr in der Tatsache, daß er selbst in seiner Schule Ähnliches erlebt hatte. Ging es nicht um ihn selbst? Erzählte hier nicht ein Fremder von Erlebnissen, die in ähnlicher Weise ihm vor nicht allzu langer Zeit widerfahren waren und ihn zur Verzweiflung gebracht hatten?

»Gehaßt habe ich ihn nicht. Um jemanden schätzen oder hassen zu können, muß man es mit einer Persönlichkeit zu tun haben oder aber von einer Person verletzt worden sein. Beides trifft, was die Person unseres Schulleiters angeht, nicht zu. Aber lassen Sie uns anstoßen. Es wird höchste Zeit. Sie haben bei sich jetzt Ferien?«

Der Kollege Brandt schien mit dieser Frage seiner Pflicht zur Höflichkeit, sich auch um sein Gegenüber zu bemühen, Genüge getan zu haben. In seinen Augen, die für einen kurzen Augenblick einen milden Ausdruck bekommen hatten, leuchtete wieder eine Feindseligkeit, die nach Wilnius' Eindruck nicht weit von Haß entfernt war. »Wenn ich alle anderen diese lächerliche Rolle spielen sah, warum sollte ich mich dann nicht auch anpassen und eine Maske aufsetzen? Ich empfand Ekel. Aber um in einer hoffnungslosen Situation zu überleben, paßte ich mich an und verzichtete darauf, den Märtyrer zu spielen.«

Diese letzten Worte hatte er schnell und in einem harten Ton gesprochen. Die Vergangenheit schien ihn aufzuwühlen. Er griff zu seinem Glas und leerte es in einem Zug.

Wilnius merkte zu seinem Schrecken, daß den Pensionär seine Ruhe und Gelassenheit, die er noch vor kurzem an den Tag gelegt hatte, völlig verlassen hatte. Er durchlebte noch einmal die letzten Jahre seines Lehrerdaseins. In einem Ton, der übertrieben laut und künstlich zynisch klang, rief er mit erregter Stimme: »Kann ich euch diese zehn Vokabeln zu lernen bis morgen noch zutrauen? Ja? Sehr freundlich. Das ist ja mehr als ich erwartet habe. Danke. Aber ihr müßt schon entschuldigen, ich habe ja einen Lehrauftrag. Ich kann nicht anders.«

Der Alte schien für einen Augenblick außer sich zu sein, während er diese Worte sagte. Wilnius war ein zufälliger Ansprechpartner. Sein eigentlicher Adressat war eine unsichtbare Gruppe, gegen die sich seine aufgestaute Wut richtete.

Dann sagte er: »Sie sehen, ich rettete mich in einen Zynismus, der aus einer schon lange vollzogenen Kapitulation oder sagen wir inneren Kündigung erwachsen ist.« »Und das ist dann das, was Sie mit innerem Abschied bezeichneten?« »Ja. Die Älteren passen sich dem Verhalten der Jugendlichen an. Ich weiß nicht, ob das bei Ihnen auch so ist. Ich habe mir aber sagen lassen, daß es heute überall so zugeht.«

Der Alte lächelte müde. Er schien überzeugt, daß das von ihm gekennzeichnete Verhalten das gesamte Schulleben durchsetzt hatte.

Er braucht die pauschale Verurteilung, dachte Wilnius. Dadurch gewinnt er Balsam für Wunden, die man ihm zugefügt hat. »Haben Sie sich denn nicht wehren können, indem Sie sich mit anderen Kollegen zusammentaten und Ihrem Unmut gemeinsam Luft machten?«, fragte Wilnius. Jetzt machte der Vorruheständler Brandt ein trauriges Gesicht. »Die Kollegen meines Jahrgangs – es gab insgesamt übrigens nur noch drei – haben sich schon vor mir angepaßt. Ich kann das verstehen. Wer will sich schon isoliert fühlen?« Wilnius nickte verständnisvoll.

Beide Lehrer stießen wieder miteinander an und leerten ihre Gläser. Herr Brandt drehte sich zum Kellner um, der an einem Tisch gegenüber Gläser abräumte. »Mein guter Schulz, wir kriegen noch einen.« Der Kellner antwortete nicht, lief weiter geschäftig von Tisch zu Tisch, um aufzuräumen. Jetzt merkte Wilnius plötzlich, daß alle übrigen Gäste gegangen waren; sie beide waren die letzten hier in der Gaststube. Er hatte schon so viel getrunken, daß diese Tatsache keine besondere Reaktion in ihm hervorrief. Kurz darauf stand vor jedem noch ein volles Glas. Wilnius hob das Glas. »Worauf trinken wir?« »Keine Ahnung.« »Na, auf Ihr Wohlergehen«, sagte Wilnius gutmütig. Sie stießen wieder an.

Zwanzig Minuten später stand ein erbarmungsloser Kellner vor ihnen. »Es tut mir leid, meine Herren, aber wir schließen.« Jeder trank schweigend sein Glas aus, dann zahlten sie und verließen das Weinlokal.

Die beiden Lehrer, der jüngere und der alte, schwankten hinaus. Sie wählten die Straße, die zum Markt führte. Die Stille der Häuser umgab sie. Der Verkehr schlief.

An einer Straßenecke blieb der Pensionär stehen. Er schien eine Sekunde zu überlegen. Dann wandte er Wilnius sein Gesicht zu. »Soll ich Ihnen ein Geständnis machen?«

Der Pensionär wartete keine Antwort ab. Er war es inzwischen gewohnt, bei Wilnius nicht auf Protest zu stoßen. »Keine Angst, junger Mann, es ist ein Geständnis, das kurz ist und Sie nicht durch

längere Ausführungen in Anspruch nimmt. Aber es rundet meine Bekenntnisse, die Sie mir zugestanden haben, ein wenig ab. Dieses eine Geständnis müssen Sie mir noch erlauben. Kommen Sie, ich begleite Sie noch bis zu der Straße, in der sich Ihr Hotel befindet.«
Sie gingen weiter.

Wilnius empfand zum ersten Mal ein wenig Unmut. Seine Stimmung schlug um. Muß er sich denn so wichtig nehmen?

Dann beruhigte er sich. In spätestens zehn Minuten würde er in seinem Hotel sein. Er würde den Mann nie wiedersehen. Die Anregungen, die er erhalten hatte, würde er für sich verarbeiten. Und plötzlich durchzuckte ihn der Gedanke: Sein Bedürfnis nach Kommunikation, das nach Tagen des Alleinseins wieder zum Leben erweckt worden war, würde durch den heutigen Abend befriedigt sein.

Wilnius merkte plötzlich, daß dem Kollegen der Wein sehr stark zugesetzt hatte. Dieser gebärdete sich, wie es Betrunkene tun. »Versprechen Sie, nicht zu lächeln?«, lallte Brandt. »Ich verspreche.«

Der Pensionär trat noch einen Schritt näher an Wilnius heran, und sein Gesicht bekam einen fast feierlichen Ausdruck, als er mit einer Stimme, die der eines Priesters glich, der ein Gebet spricht, sagte: »Meine Leidensgeschichte hat noch einen versöhnlichen Abschluß gefunden.«

Wilnius wurde ungeduldig. »Ich wollte Ihnen nur sagen, daß ich nach all den Scheußlichkeiten, die mich fast zum Ertrinken gebracht hatten, doch noch ein rettendes Ufer erreicht habe.«

Wie schön für ihn, dachte Wilnius. Ob ich jemals ein rettendes Ufer finden werde, kümmert ihn gar nicht. Er weiß ja nicht einmal, daß es mir ähnlich ergeht, daß ich auch verzweifelt im Meer treibe. Hätte ich denn sonst diesem Manne zuhören können, wenn es nicht bei all seinen Schilderungen auch um mich ging?

Brandt blieb stehen, baute sich vor Wilnius auf und schob sein weinseliges und zugleich strenges Gesicht mit dem immer leicht geöffneten Mund nahe an das des jüngeren Kollegen heran. Wilnius empfand einen Widerwillen. »Ja, ich behaupte, ein wenig Zufriedenheit denn doch zu empfinden. Ich will es kurz machen. Ich habe einen zweiten Beruf gefunden. Ich bin ein Schriftsteller.«

Wilnius wußte nicht, was er bei diesen Worten spürte. Er wußte es wirklich nicht. Die Überraschung war so groß, so plötzlich, daß er im ersten Augenblick glaubte, laut auflachen zu müssen. Er hatte das unangenehme Empfinden eines ehrgeizigen Mannes, der sich von einem Mitkonkurrenten verdrängt sieht und eine Nische, die er im Auge gehabt hatte, besetzt vorfindet.

»Sie haben versprochen, nicht zu lächeln.« »Ich habe nicht gelächelt. Warum sollte ich?«, protestierte Wilnius etwas verwirrt. »Aber Sie äußern sich ja gar nicht. Es verblüfft Sie sicher nach allem, was Sie bisher von mir gehört haben.« Wilnius war der Mund wie zugeschnürt. »Schauen Sie«, fuhr der Alte fort, »ich kenne Pensionäre, die denken nur an ihre Vergangenheit. Sie drücken sich an der Schultür die Nase platt, kommen zu jedem Fest und müssen dann erfahren, daß sie zum Schrott gehören. Ich sage Ihnen: Diese Typen gibt es auch heute noch. Sie werden nicht mehr gebraucht, können nichts mehr mit sich anfangen. Man läßt sie fühlen, daß sie zum Schrott gehören. So grausam geht man mit ihnen um. Sie kommen trotzdem. Ich sage zu mir: Jetzt geht es erst richtig los! Ich werde kreativ, ich schreibe.«

Er rückte noch näher an Wilnius heran, bedrängte ihn. Weindunst entströmte seinem leicht geöffneten Mund. »Ich will Ihnen etwas sagen: Ich mache aus meiner Not eine Tugend. Kein kreativer Mensch kann maßvoll sein, weil er seine inneren Spannungen ständig mit einer Droge abbauen muß. Meine Droge heißt: Schreiben.«

Wilnius' Schock saß so tief, daß er gar nicht mehr zuhörte. Auf eine derartige Offenbarung war er nicht gefaßt gewesen. In seinem Kopf ging alles durcheinander. Lehrer waren sie doch beide.

Aber das Privileg, ein Lehrer zu sein, der vom Ehrgeiz zu schreiben besessen war – dieses Privileg hatte er insgeheim nur für sich in Anspruch genommen.

»Es gibt sicher viele Lehrer, die glauben schreiben zu können. Das fällt ihnen meistens erst nach der Pensionierung ein«, fuhr der alte Kollege fort. »Für mich ist das ein Beweis, daß sich diese Leute ihre Begabung nur einreden. Es sind Dilettanten, von denen es viele gibt. Ich wollte immer schreiben. Aber weil ich das Risiko, als freier Schriftsteller mir mein Brot verdienen zu müssen, nicht eingehen wollte – ich hatte Angst, ein Hungerleider zu werden –, mußte ich einen bürgerlichen Beruf ergreifen, ein Amt haben. Was lag näher, als das Lehramt zu wählen. Ich hoffte, die Tätigkeit eines Lehrers mit der eines Schriftstellers verbinden zu können. Aber die Lehramtsgeschäfte haben mich erdrückt. Und da ich gerne ein bißchen lebte ...«

Von Trunkenheit war bei Brandt plötzlich nichts mehr zu spüren. Sie gingen allein durch die Straßen, das Pflaster hallte von ihren Schritten. Der Pensionär lachte kurz auf. »Na ja, das wissen Sie ja so gut wie ich, nach den Jahren der Entbehrung während unserer langen Ausbildung hat man einen Nachholbedarf. Endlich will man sich etwas gönnen: ein Auto haben, eine Reise machen, eine Freundin ausführen, mit anderen gesellig zusammensitzen und essen und trinken ... Da ich also gerne lebte und genoß, blieb keine Zeit zum Schreiben.«

Wilnius ging wie in Trance. Es war doch lächerlich. Er ging stumm an der Seite eines Selbstdarstellers, der ihm die eigene Geschichte präsentierte, indem er die seine erzählte. Der Redefluß des Schriftsteller-Pensionärs fand kein Ende. Der Mann schien wie verwandelt. Die Worte sprudelten aus ihm heraus, von einem fröhlich-optimistischen Ton begleitet. Es war, als hielte er einen langen Monolog in einer Szene, in der Wilnius die Rolle eines Statisten im Hintergrund zugedacht war. Seine Rede wurde in einem pathetischen Ton vorgetragen:

»Weil mich mein Lehramt nicht zum Schreiben kommen ließ, opferte ich meine Ferien. Nicht nur einmal. In den Ferien schrieb ich regelmäßig eine Novelle. Unter einem Pseudonym habe ich sie an mehrere Verlage geschickt.«

Wilnius raffte sich zu einer Frage auf. »Und sie wurden angenommen?« »Nein, das nicht. Sie wurden immer zurückgeschickt.«

Ein niederes Gefühl, das man mit Schadenfreude bezeichnen könnte, ließ Wilnius aufatmen. »Eine öffentliche Anerkennung ist mir noch nie zuteil geworden«, gab der Alte ehrlich zu. »Ich kann auch nicht behaupten, daß ich Wert darauf lege.« »Aber warum schicken Sie denn überhaupt Ihre Werke ein?«

Wilnius hatte sich ein wenig gefangen. Er fühlte sich dem Alten nach dessen Bekenntnis vom öffentlichen Scheitern wieder etwas überlegen.

Der schriftstellernde Pensionär schien um eine Antwort verlegen. Er ignorierte die Frage und sagte: »Früher habe ich meine Novellen den Schülern zum Lesen gegeben. Anschließend habe ich sie meine Arbeiten interpretieren lassen.« »Sie haben die Schüler Ihre Arbeiten interpretieren lassen?« »Ja, natürlich, warum auch nicht?« Wilnius lachte in sich hinein. Die armen Schüler, dachte er. Der Alte erinnerte ihn an einen einsamen Klavierspieler, den er mal in einer Bar einer norddeutschen Kleinstadt beobachtet hatte. Der Mann saß Abend für Abend in einem schummrigen Raum vor einer Handvoll von gelangweilten Gästen und sang: »Ich bin ein Star, mich kennt nur keiner.« Immerhin: Bei diesem Lied klang noch Selbstironie an. Aber bei dem Herrn, der neben ihm ging ...? Der Schriftsteller sagte jetzt in selbstbewußtem, fast feierlichem Ton: »Ich habe festgestellt, daß ich das Leben nur schreibend erleben kann. Ich habe immer unter einem gebrochenen Verhältnis zum Leben gelitten. Ein gelebtes Leben wird für mich erst zu einem erlebten Leben, wenn ich es in Worte fasse.« »Nein, wie Sie das formuliert haben!«, heuchelte Wilnius mit gespielter Bewunderung. »Wie heißt es doch noch? Der Wein entbindet die Gedanken. Es tut mir leid, aber mir fällt im Augenblick nur diese abgedroschene banale Floskel ein.«

»Haben Sie nach Ihrer Pensionierung schon viel geschrieben?«

»Fast nichts. Ein paar Skizzen, ein paar Notizen. Ich trage noch Material zusammen. Meine neue Aufgabe hat mir geholfen, von der Maßlosigkeit meines Trinkens loszukommen. Sie liegt noch vor mir, die Aufgabe. Aber ich weiß, daß ich noch viel leisten werde. So etwas weiß man. Das gibt die Zufriedenheit.« »Aber in Ihrem Alter ... wird es da nicht Zeit anzufangen?« Wilnius warf diese Bemerkung nur ein, um noch etwas zu sagen. Ihn interessierte der Alte nicht mehr. »Ich habe noch viel Zeit«, erwiderte dieser kurz. »Das kann ich nicht beurteilen. Aber wenn Sie mit neunzig anfangen, bekommt Ihr Werk vielleicht die nötige Weisheit.«

Der Alte ging auf den läppischen Witz nicht ein. »Es ist nicht wichtig, wann ich beginne. Aber daß ich beginnen werde, das ist sicher.« Wilnius war zum Scherzen aufgelegt. Es klang fast frech, als er sagte: »Oder Sie gehen in die Literaturgeschichte ein als großer Schriftsteller ohne Werke. Das ist doch mal etwas Neues.« Kollege Brandt machte ein ernstes Gesicht. »Sie scheinen mich mißverstanden zu haben«, sagte er. Es klang gekränkt.

Von der Ecke, die sie erreichten, konnte Wilnius sein Hotel sehen. »Wichtig ist nur, daß man vor dem Sterben sein Soll erfüllt hat. Als aktiver Lehrer dachte ich immer: Der Vorruhestand wird einmal der Höhepunkt deiner individuellen Karriere. Ich wußte: Dir wird noch einmal eine literarische Karriere vergönnt sein.« »Von der Gewißheit sind Sie also erfüllt? Wie ein Gläubiger von der Existenz seines Gottes.« »Ja.« »Und wenn es nun doch nur eine Illusion war?« »Dann hat sich die Illusion als fruchtbar erwiesen. Sie hat mir den Glauben an mich selbst zurückgegeben.«

Wilnius lächelte ironisch. »Ein schöner Satz zum Abschluß.«

Sie verabschiedeten sich kurz voneinander. Wilnius fühlte sich erleichtert. Ein Widerwille gegen den Mann, den er sich nicht eingestehen mochte, hatte ihn zuletzt erfaßt.

Kurz darauf empfing ihn sein stickiges kleines Zimmer. Mit Genugtuung sah er sein Manuskript auf dem Tisch liegen. Trotz starker Müdigkeit traute er seiner Natur nicht und nahm eine Tablette. Dann ließ er sich auf das Bett fallen. Was für ein Autist, dachte er vor dem Einschlafen, ein furchtbarer, monologisierender. Ich möchte ihm nicht noch einmal begegnen. Aber interessant war der Abend schon.

12

Eine kleine Auswahl aus den mir vorliegenden Notizen, die vermutlich während des Aufenthalts in Tübingen entstanden sind. Vorweg ein Gedicht, das ich dem Nachlaß, den ich verwalte, entnommen habe.

Römischer Dachgarten
Nachtwind fächelt
die noch heiße Tagesstirn
beruhigt sanft
löst quälende Spannungen
nur scheinbar auf
er umschmeichelte schon
die kalten Augen der Cäsaren
die blutigen Leiber
der ewigen Opfer
einen Dulder wie Seneca
Unter mir sehen sie TV
ein Müllwagen kommt

fauchend und laut
Geräusch von quietschenden Reifen
Schlußlicht mit diffusem Gelb
harte Zurufe der Männer
das Rollen von Behältern
auf steinigem Pflaster
in dunkler Ferne
die Geräusche verhallen
Römischer Nachtwind streichelt
den Wald von Antennen
und die trotzig leuchtende Kuppel
Oleander welkt in Kanopen

Es war immer mein Wunsch, mich zu desensibilisieren in einer verrohten, gefühlsarmen Zeit wie der unsrigen. Nur so konnte ich überleben. Heute kann man sich nicht mehr den Luxus einer Kultivierung des eigenen Inneren leisten. Man muß mit den Wölfen heulen.

Ach, könnte ich doch nur an den Sinn von Demonstrationen glauben. Vielleicht einmal verhaftet werden. Ich erinnere mich an die glücklichen Gesichter der Menschen, die bei irgendwelchen Aktionen von Polizisten unsanft weggeschleppt wurden. Ihre Gesichter spiegelten wider: Wir sind doch was. Sind wir nicht zivilcouragierte Zeitgenossen? Sieht die Kamera uns auch?

Ein Traum. Sie kannten ihn fast alle. Einige grüßten freundlich. Sie alle hatten miteinander zu tun. Nur er ging unter ihnen als einzelner. Ihr Kontakt beschränkte sich auf ein höfliches Nicken mit dem Kopf, um ihm sofort wieder den Rücken zu kehren. Sie alle waren auf irgendeine nicht feststellbare Weise miteinander verbunden, brauchten einander. Wenn er einen von ihnen ansprach, begegnete er einem unverbindlichen höflichen Lächeln. Kurz darauf verstummte der Angesprochene, wandte seinen Blick den anderen zu, als erwarte ihn dort die nächste Aufgabe. Der Einzelgänger wollte sich nützlich machen und der Gruppe, die dort im Hintergrund geschäftig hantierte, eine Gefälligkeit erweisen. Aber er bekam keine Gelegenheit. Verbittert, von allen abgewiesen zu werden, wollte er schon davongehen. Aber die Angst, sich noch ausweglosen zu isolieren, wenn er das täte, ließ ihn weiterhoffen, neue Versuche unternehmen.

Ein guter Literat schließt keinen Pakt mit dem Publikum, er hascht nicht nach Effekten. Er bemüht sich, sein Eigenes auszutragen. Auflagen lassen ihn gleichgültig. Wenigstens zählt er sie nicht oder giert nach ihnen. Er ist sein eigener Kritiker. Er weiß um sein besonderes Leid, das in seiner geistigen Struktur, die heute beim Künstler nicht mehr im Absoluten gründet, seine Ursache hat. Gerade deshalb weiß er auch um die Fragwürdigkeit seines Schreibens, des Schreibens überhaupt. Ob seine Themen eine gesellschaftliche Relevanz haben, interessiert ihn nicht, da alle Gesellschaften ständig im Wandel begriffen sind. Er hat nicht vor, die Welt zu verbessern. Seine Leidensfähigkeit, mit der er vor anderen begabt ist, kann ihn zum Hochmut zwingen, der dann allerdings nie auf dümmlichem Dünkel oder Selbstgefallen beruht. Er quält sich, hat ein gebrochenes Verhältnis zur Literatur. Es gleicht ein wenig dem Verhältnis, das ein alter, resignierter Mann zur Weisheit hat, wenn er an seine Jugend und an seinen Erfolg bei Frauen zurückdenkt.

Das Unterwegssein als Droge rastloses Schweifen als solches das ziellose Vagabundieren um nicht zu einer Mitte zurückkehren zu müssen die gar keine ist nur eine leere verwaiste Schaltstation.

Ich ruhe weder in Gott noch in mir selbst. Ich weiß um die Endlichkeit meines Daseins. Das Wissen darum begleitet mich ständig. Es gibt kein Zuhause für mich. Ich blicke auf die Uhr, möchte, daß die

Zeit schneller läuft, und dann doch wieder, daß sie stehen bleibt. Ich habe Angst vor der Zukunft, möchte aber auch keinen Stillstand, da mir die Gegenwart keine Zuflucht bietet.

Elementare Lebensgier die sich ziellos verströmt ein dunkles Suchen nach sinnlichem Leben an dessen Ende die depressive Verstimmung steht und ein grenzenlos schaler Geschmack.

Ich hasse im Grunde das Schreiben und muß es doch immer wieder tun. Möchte vor mir davonlaufen und kann es doch nicht, ohne unzufrieden zu werden. Ich empfinde Widerwillen gegen meine komplizierte Struktur und möchte mich am einfachen Leben erfreuen können.

Durch mein Leben geistern beständig Tagträume: Mal sehe ich mich als Startrompeter in einer Band, umgeben von den Blicken bewundernder Zuhörer, dann wieder verzaubere ich als genialer Gitarrenspieler die still und in sich versunkenen Frauen und Mädchen. Auch als Fußballspieler in der Arena werde ich bei meinem das Spiel entscheidenden Tor beklatscht. Ein anderes Mal stehe ich als angesehener Professor am Katheder und verblüffe die Studenten durch meinen Scharfsinn und meine Eloquenz bei der Analyse schwieriger Probleme.

Ich habe Angst vor der grenzenlosen Banalität unserer Zeit, möchte ihr entfliehen, indem ich selbst in die Banalität flüchte. Wer einsam ist, keine Resonanz findet, der möchte sich unauffällig verschwinden lassen, sich aus der Welt, in der er nicht leben kann, davonstehlen.

Selbstmord ist der letzte Triumph, der bleibt. Eine erfolgreiche, weil dauerhafte Flucht, die zudem die Einsamkeit, die bitterer sein kann als der Tod, aufhebt. Aber ich bin zu feige. Außerdem lebe ich zu gern.

12

Vor einem Jahr glaubte ein Kollege, der an dieser Stelle nicht genannt werden möchte, Wilnius in einer süddeutschen Stadt wiedererkannt zu haben. Er sei, so der Kollege, erschrocken stehen geblieben, so sehr sei ihm die Ähnlichkeit mit dem ehemaligen Kollegen aufgefallen. Wilnius habe sich im Kreise von Pennern befunden, die sich in einer Bahnhofspassage aufhielten. Nach dem Bericht dieses Kollegen habe sich Wilnius, der in einer Nische gesessen und die Beine weit von sich gestreckt habe, von einer Hartwurst Scheiben über den Daumen abgeschnitten und diese sich mit Behagen in den Mund gestopft. Es sei furchtbar gewesen. Neben dem Exkollegen habe er nur in verhauene, verquollene Gesichter geblickt. Der Kollege behauptete, der von ihm wiedererkannte Wilnius habe sich aus einer Flasche Rotwein in einen Pappbecher gegossen.

Diese letzte Beobachtung hat mich, seinen Freund Hans Urweider, vorläufig beruhigt. Der Kollege muß sich geirrt haben. Wilnius war nie ein Rotweintrinker.

Von Jürgen Reimer erschienen bisher folgende Bücher:

Der Ferienschreiber (1998), Roman
ISBN 3-89501-627-6

Gruppenreise (2001), Roman
ISBN 3-8280-1412-7

Jahre eines Unbehausten (2002), Roman
ISBN 3-8280-1689-8

Ein stiller Rebell (2003), Roman
ISBN 3-8330-1079-7

Sie warfen Feuer auf die Stadt (2004), Roman
ISBN 3-8334-0717-4

**Der „außerordentliche" Mensch und das
Problem der Disziplin bei Thomas Mann** (2005), Essays
ISBN 3-8334-2454-0

Ein Abschied in Rom (2006), Roman
ISBN 3-939305-09-X

Das Fest (2007), Erzählung
ISBN 978-3-8334-6101-9

Stifterstube (2007), Erzählung
ISBN 978-3-8334-8395-0